El garrote más bien dado

o

El alcalde de Zalamea

El garrote más bien dado
o
El alcalde de Zalamea

Pedro Calderón de la Barca

El garrote más bien dado
o
El alcalde de Zalamea

Edición
de
J. A. Valbuena-Briones

EDICIONES CÁTEDRA, S. A. Madrid

Cubierta: Mauro Cáceres

Primera reimpresión, 1979

© Ediciones Cátedra, S. A., 1977
Don Ramón de la Cruz, 67. Madrid-1
Depósito legal: M. 8.363-1979
ISBN: 84-376-0121-5
Printed in Spain
Impreso en Hijos de E. Minuesa, S. L.
Ronda de Toledo, 24. Madrid-5
Papel: Torras Hostench, S. A.

Indice

INTRODUCCIÓN

Vida y obra de Calderón   11
Análisis de *El garrote más bien dado* o *El alcalde de Zalamea*   23

BIBLIOGRAFÍA   51

EL GARROTE MÁS BIEN DADO

Jornada primera   55
Jornada segunda   101
Jornada tercera   145

Introducción

Vida y obra de Calderón

La familia Calderón

Calderón era de ascendencia montañesa. Un antepasado suyo fue Hernando Sánchez Calderón, señor de la torre de Viveda, cerca de Santillana, provincia de Santander. La rama de la que descendía el darmaturgo fue a vivir a Aguilar de Campoo, y de allí pasó a Sotillo, cerca de Reinosa, para trasladarse a Boadilla del Camino, en Tierra de Campos, provincia de Palencia [1]. El abuelo del poeta, don Pedro Calderón, fue a Toledo en donde trataría a la rica heredera Isabel Ruiz, con la que contrajo matrimonio hacia 1570. Se instalaron en Madrid y don Pedro obtuvo el puesto de secretario del Consejo y Contaduría Mayor de Hacienda, en el que le sucedió su hijo don Diego hacia 1595. Éste se casó ese año con una dama de buena familia, doña Ana María de Henao, hija de don Diego González de Henao, escribano de número y regidor de la villa de Madrid, y de doña Inés de Riaño. Don Diego y doña Ana María tuvieron tres hijos varones y tres hembras. Éstos fueron: Don Diego, el primogénito, nacido en Madrid en 1596; Dorotea, 1598, que entró como novicia en Santa Clara la Real de Toledo,

---

[1] Véase la «Genealogía de don Pedro Calderón», de Narciso Alonso Cortés, *Boletín de la RAE*, vol. 31, 1951, págs. 299-309.

antes de los catorce años, y que profesó en dicho convento de la Orden de San Francisco; Pedro Calderón de la Barca, que nació el 17 de enero, día de San Antón, de 1600, fue bautizado en la parroquia de San Martín, y sería famoso poeta y dramaturgo; José Calderón, nacido en Valladolid, en 1602, muy querido de sus hermanos, y que se dedicó a la carrera militar en la que había alcanzado el empleo de teniente de maestre de campo general, cuando murió en la guerra de Cataluña; Antonio, en Madrid, en 1607, que murió siendo niña. Doña Ana María de Henao falleció en 1610, como consecuencia de un parto, así como la hija que había dado a luz.

Los años juveniles

Los Calderón vivían en Madrid en 1607, en las casas de la calle de las Fuentes, que hacían esquina a la bajada de los Caños del Peral. Pedro Calderón estudió de 1608 a 1613 en el Colegio Imperial de los Jesuitas y en 1614 ingresó en la Universidad de Alcalá de Henares para interrumpir a poco sus estudios con motivo de la muerte de su padre. Don Diego Calderón había contraído matrimonio en segundas nupcias, en 1614, con la joven dama Juana Freyle Caldera, de buena familia, pero de escasos recursos económicos y a la que dotó con liberalidad. El secretario de Hacienda murió al año siguiente de una grave y rápida dolencia. El primogénito, don Diego, estaba ya de vuelta de su viaje a Nueva España, cuando ocurrió el luctuoso e inesperado acontecimiento. La muerte del caballero trajo consigo un pleito entre doña Juana Freyle y sus entenados, que eran menores de edad. Años más tarde se obtuvo un concierto entre los litigantes, fechado en Valladolid en 1618. Un tío materno de los huérfanos, don Andrés Jerónimo González de Henao, desempeñó el cargo de secretario de Hacienda, a la vez que se encargó, a partir de 1616, de la tutela, educación y manutención de los sobrinos. Pedro Calderón estudió cánones en la Universidad de Salamanca, de 1615 a 1619, y continuó los estudios superiores hasta 1623-24. La situación económica de los hermanos empeoró considerablemente, la cual vino a complicarse con el homicidio de Nicolás Velasco, hijo de Diego de Velasco, criado del condestable de Castilla, ocurrido en el verano de 1621, y por el que fueron acusados los hermanos Calderón. Éstos se refugiaron en las casas del embajador de Austria y lograron un concierto con los querellantes mediante una indemnización a Diego Velasco, por el que obtuvieron el perdón judicial.

La vocación poética

Pedro Calderón obtenía paulatinamente buena reputación como poeta en la Corte. Había participado en las fiestas que se celebraron en la villa de Madrid con motivo de la beatificación de Isidro Labrador y volvió a concurrir en otras a propósito de la canonización del santo en las que recibió el tercer premio [2]. La *comedia nueva* introducida por Lope de Vega y su escuela se había impuesto definitivamente y Calderón probó fortuna en el teatro. *Amor, honor y poder,* representada en Palacio el 29 de junio de 1623 por la compañía de Juan Acacio Bernal, fue bien acogida, y a ella seguirían pronto otras piezas.

Es posible que Pedro Calderón sirviera a su majestad en el Milanesado y luego en Flandes como sugiere Vera Tassis [3]. El joven escritor deseaba congraciarse con el conde-duque de Olivares, el cual conseguía algunas victorias en el extranjero, gracias a grandes inversiones de

---

[2] Véase: «Relación de las fiestas que la insigne villa de Madrid hizo en la canonización de su bien aventurado hijo y patrón San Isidro...», Madrid, viuda de Alonso Martín, 1622.

[3] No hay documentos que indiquen la permanencia de Calderón en la corte en 1625. Vera Tassis menciona en su *Fama, vida y escritos de don Pedro Calderón,* que entró a servir a Su Majestad ese año, pasando al estado de Milán y de allí a Flandes. Véase la *Primera parte de comedias,* del célebre poeta español, don Pedro Calderón de la Barca, que, nuevamente corregidas, publica don Juan de Vera Tassis y Villarroel, su mejor amigo, en la imprenta de Francisco Sanz, 1685.

dinero, y que también había tomado bajo su dirección los festejos teatrales de la Corte. Un proyecto de este ambicioso político fue el Salón de Comedias en palacio, para el entretenimiento de la familia real y los cortesanos. No es de extrañar que Calderón desplegara una constante y dedicada actividad teatral afín con su idiosincrasia e intereses. En 1627 presentó con singular éxito *La cisma de Inglaterra*. Al año siguiente contribuyó con obras como *Hombre pobre todo es trazas* y *El purgatorio de San Patricio*. Su repertorio lo señala ya como un distinguido poeta de la nueva escuela dramática.

La vida del joven poeta está ya íntimamente ligada a los avatares de dicha profesión. A principios de 1629, Diego y Pedro Calderón participaron en una reyerta en la calle de Cantarranas, hoy Lope de Vega, en la que el cómico Pedro de Villegas, hermano de la famosa actriz Ana de Villegas, hirió gravemente a Diego. El dramaturgo con otros parientes y amigos y con la ayuda de la Justicia persiguió al delincuente, entrando en el convento de las Trinitarias, en donde era monja profesa sor Marcela, hija de Lope de Vega. El viejo poeta se quejó de las molestias causadas a las monjas en una carta al duque de Sessa. También lo hizo fray Hortensio Paravicino en un sermón pronunciado ante sus majestades. Calderón se burló a su vez de la retórica exagerada del predicador en unos versos cómicos del *gracioso* en *El príncipe constante,* obra que se llevó a las tablas probablemente el 20 de abril de 1629 [4]. El padre trinitario tuvo muy a mal la pulla y envió un memorial resentido y querelloso a Felipe IV, sobre el que falló con sagacidad y justicia el cardenal Trejo, que era presidente del Consejo de Castilla.

---

[4] Según parece deducirse por el Memorial de Paravicino y del escrito en el que el cardenal Trejo expuso su dictamen. La fecha puede establecerse entre el 20 de abril y el 11 de mayo de dicho año.

La producción teatral de Calderón siguió un curso copioso. Las deliciosas comedias de enredo, *La dama duende* y *Casa con dos puertas mala es de guardar* son de 1629. En la primera se presenta una fina sátira de las supersticiones de la época y en la segunda se insiste en la complicación de la intriga y hace referencia a los jardines de Aranjuez, que habían sido embellecidos por Sebastián de Herera y Barnuevo, y al mar de Ontígola, lugares muy concurridos por la nobleza. En la década de los treinta, Calderón pasó a ser el dramaturgo predilecto de la Corte. Recibió unánime aplauso y compuso en este período sus mejores piezas teatrales. Lope de Vega, que fue velado rival suyo, elogió su estilo poético en *El laurel de Apolo,* de 1630, y Juan Pérez de Montalbán lo incluyó con placenteras alabanzas en el *Para todos, ejemplos morales,* de 1632.

El palacio y los jardines del Buen Retiro se construyeron bajo la atenta dirección de su alcaide, el conde-duque de Olivares. Las obras comenzaron en 1630 y duraron unos diez años; sin embargo, ya en junio de 1633 estaban muy adelantadas; en diciembre de ese año se había concluido la plaza del Retiro y el edificio de palacio tenía ya adornados salones y cuartos para los preparativos de la inauguración que se realizó en aquel mes. Calderón celebró este tema cívico en el auto *El nuevo palacio del Retiro,* estrenado en la primavera de 1634. El poeta madrileño se encargó también de escribir *El mayor encanto, amor,* fiesta teatral, cuya tramoya y escenografía fue preparada por el famoso italiano Cosme Lotti, que estaba al servicio de Felipe IV. La representación se había calculado para el día de San Juan de 1635, pero por motivos políticos e internacionales se pospuso hasta el 25 de junio y obtuvo singular éxito.

Calderón recogió doce de sus obras más importantes y las publicó en 1636 bajo el título de *Primera parte de comedias,* al cuidado de su hermano José, dedicada a don

Bernardino Fernández de Velasco y Tovar, condestable de Castilla. La colección comienza con *La vida es sueño,* pieza de valor universal en la literatura, como demuestran las numerosas representaciones, adaptaciones, traducciones e interpretaciones que se han hecho de ella. La *Segunda parte...* apareció al año siguiente también bajo el cuidado del hermano militar del dramaturgo, dedicada esta vez al duque del Infantado, con Rodrigo de Mendoza Rojas y Sandoval.

Ya en 1636 el dramaturgo solicitó un hábito en la Orden de Santiago, prestigiosa asociación cívico-religiosa. Hechas la información y diligencias pertinentes, se necesitó la dispensación del Papa, por el oficio manual de escribano que habían desempeñado el padre y el abuelo del pretendiente. Un breve de Urbano VIII granjeó el permiso y Calderón recibió su ejecutoria el 28 de abril de 1637 [5]. A partir de este año Calderón intervino casi continuamente en la celebración de la fiesta del Corpus con una larga lista de autos sacramentales, género en el que excedió a los demás poetas.

Los acontecimientos infaustos de los años cuarenta

La invasión del norte de España por el duque de Enghien, luego príncipe Condé, con un ejército francés que sitió a Fuenterrabía en junio de 1638, despertó a la Corte de sus sueños y entretenimientos a una desapacible realidad. La situación empeoró con el levantamiento de Cataluña en la fiesta del Corpues de 1640. Calderón sirvió a su majestad en una compañía de caballos corazas

---

[5] El linaje de los Calderón es antiguo y amplio. El padre fray Felipe de la Gándara escribió un libro sobre esta materia con el título *Descripción, origen y descendencia de la muy noble y antigua casa de Calderón de la Barca,* José Fernández de Buendía, Madrid, 1661. El capítulo XII trata «De los Calderones de Sotillo en la jurisdicción de Reinosa», y en él se dedica un párrafo al dramaturgo. El escudo de la familia consistía en cinco calderones negros en campo de plata y por orla, ocho aspas de oro en campo rojo, y llevaba el lema «Por la fe moriré».

bajo el mando de don Juan Bautista Otto [6]. Estuvo en la toma de Cambrils, fue herido en una mano en una escaramuza cerca de Vilaseca y entró victorioso en Tarragona. Participó en el asalto para la toma de Lérida en la primavera de 1642 que fue de luctuosas consecuencias. Calderón pidió licencia del ejército por consideraciones de salud retiro que le fue concedido según consta por un documento firmado por el mismo don Gaspar de Guzmán en Zaragoza el 15 de noviembre de 1642. La situación nacional empeoraba y ello trajo consigo la caída del conde-duque, acelerada por las intrigas palaciegas, y que tuvo lugar el 22 de enero de 1643.

El año que Felipe IV despidió a su jefe de gobierno, Pedro Calderón estaba en Madrid y contribuyó en los autos sacramentales para la fiesta del Corpus. Dos años después recibió una renta de treinta escudos mensuales como recompensa por los servicios militares de su hermano fallecido y de él mismo en Cataluña. Esta se le pagó malamente y tras reiteradas reclamaciones del poeta. Después de una breve visita a Toledo, quizá con motivo de visitar a Dorotea, debido a la desgracia familiar de la muerte de José en el campo de batalla, Calderón pasó a servir al sexto duque de Alba, don Fernando Álvarez de Toledo, de 1646 a 1649, estableciendo su residencia en el castillo-palacio de Alba de Tormes.

Diego Calderón murió en 1647 y en el testamento hay unas palabras conmovedoras que revelan las relaciones tenidas por los Calderones. En aquél declara que «siempre nos hemos conservado todos tres en amor y amistad, y sin hacer particiones de bienes.... nos hemos ayudado los unos a los otros en las necesidades y trabajos que hemos tenido» [7].

Los años cuarenta fueron infaustos para la Corte. En el extranjero, los tercios sufrieron una sangrienta derrota al intentar capturar, en el norte de Francia, la plaza fortificada de Rocroy. Los intereses españoles quedaron mal-

---

[6] El conde-duque era el capitán general de la caballería de las Órdenes Militares, y don Álvaro Quiñones, el teniente general.

[7] Testamento de don Diego Calderón de la Barca, fechado en Madrid el 13 de noviembre de 1647.

parados en los acuerdos tomados en Westfalia con los que se dio fin a la guerra de los Treinta Años. Hubo desgracias en la familia real. Isabel de Borbón, esposa y consejera de Felipe IV, murió en octubre de 1644. Dos años después falleció el príncipe heredero, Baltasar Carlos, en Zaragoza. El luto de la Corte trajo como consecuencia el que se cerraran los *corrales* de 1644 a 1649. Sin embargo, en el caso de los autos sacramentales, la prohibición de representaciones fue breve, y abarcó probablemente de 1646 a 1647.

La ordenación de sacerdote

Calderón decidió ordenarse de sacerdote en 1650. Ingresó en la Orden Tercera de San Francisco y tomó el hábito, antes de ordenarse, el 16 de octubre de 1650. Don Pedro Ladrón de Guevara, patrón de la capilla de San José, de la iglesia de San Salvador, como esposo de doña Ana González de Henao, prima hermana de Calderón y heredera de doña Inés Riaño, nombró al dramaturgo capellán de dicho patronazgo. Este empleo traía consigo la posesión de la casa de la calle de las Platerías [8], en la que el poeta pasaría los últimos años de su vida. En el documento de donación se constata que el interesado «para mejor servir a Dios Nuestro Señor, reconociendo prudentemente la fragilidad y poca estabilidad de las cosas de esta vida y atendiendo a las eternas ha determinado de ordenarse de orden sacerdotal» [9]. Finalmente, se ordenó por real cédula el 18 de septiembre de 1651. Desde este momento, el dramaturgo limitaría su producción teatral a las fiestas para la Corte, para las que volvería a representar sus piezas, y a los autos sacramentales que celebraban el Corpus. Antonio de León Pinelo

---

[8] Está sita en lo que es hoy la Calle Mayor. El Ayuntamiento de Madrid colocó en 1850 una placa con el siguiente rótulo: «Aquí vivió y murió don Pedro Calderón de la Barca.»
[9] Nombramiento de capellán que hizo don Pedro Ladrón de Guevara en don Pedro Calderón de la Barca, fechado en Madrid, el 2 de noviembre de 1650, ante Diego de Ledesma.

menciona que en el año de 1652 se representó en el coliseo del Buen Retiro «la comedia de las durezas de Anajarte y el amor correspondido» y las apariencias fueron ejecutadas por el italiano Vaggio [10]. Se trataba de *La fiera, el rayo y la piedra*, y como se ha indicado fue representada con gran aparato escenográfico. Calderón había pedido a principios de 1653 el puesto vacante de capellán de los Reyes Nuevos de la catedral de Toledo. Después de hacerse la información de limpieza de sangre, se le otorgó nombramiento el 16 de junio, con lo que trasladó su residencia a la vieja ciudad imperial. Ello no fue obstáculo para que viajara a la Corte. En el mismo año de su nuevo nombramiento la compañía de Adrián López representó, respectivamente, el 13 y el 16 de noviembre, la primera y segunda parte de *La hija del aire*. En Toledo pasó a formar parte de la hermandad del Refugio, activa cofradía dedicada al socorro de los pobres y enfermos, de la que llegó a ser, dado su celo y buenos servicios, hermano mayor en 1656. El arzobispo de Toledo, don Baltasar de Moscoso y Sandoval, le encomendó a Calderón que compusiera una perífrasis poética sobre el mote «Psile et Psalle», que estaba inscrito en la verja del coro de la catedral, y él cumplió el encargo con un extenso y bellísimo poema.

El período del marqués de Eliche

En 1656 Calderón pasó a participar en los planes de representación en la Corte que dirigía don Gaspar de Haro y Guzmán, primogénito del valido, don Luis Méndez de Haro, marqués del Carpio. Aquel caballero, que poseía el título de marqués de Eliche, propuso que se pusieran piezas breves y cantadas en la casona de la Zarzuela, cerca del Pardo. Calderón comenzó esta tradición con la «égloga piscatoria», *El golfo de las Sirenas*, que se estrenó el 17 de enero de 1657. A partir de entonces la colaboración con el ambicioso marqués llegó a ser

---

[10] *Anales o Historia de la villa de Madrid*, 1652.

repetida y constante con lo que pasaba largas temporadas en Madrid, atendiendo a los ensayos de sus obras. El primer cumpleaños del príncipe heredero, Felipe Próspero, que fallecería poco después, dio ocasión a que se representara *Los tres afectos de amor: piedad, desmayo y valor,* en el teatro del Buen Retiro, por la compañía de Diego Osorio. Calderón acudió con predilección a los temas mitológicos durante este período. Para el décimo aniversario natalicio de la princesa Margarita compuso la exquisita pieza *Eco y Narciso,* modelo en su género, que se estrenó en el Retiro por la compañía de Antonio de Escamilla.

La muerte del primer ministro, don Luis M. de Haro, fue causa de un singular delito. Su heredero, el marqués de Eliche, recibió muy malamente el hecho de no haber pasado a desempeñar el puesto de su padre. Dirigió por ello una conjuración para dar muerte a sus majestades. Se excavó una mina debajo del teatro del Buen Retiro, en la que se pusieron barriles de pólvora con el intento de hacerla explotar cuando los reyes asistieran a una representación. El plan fue descubierto y todos los conspiradores fueron ajusticiados, a excepción del marqués de Eliche, a quien se le perdonó la vida por los servicios que había prestado a la Corona.

Los últimos años

Don Pedro Calderón fue nombrado *capellán de honor* de su majestad por real cédula el 13 de febrero de 1663; con ello fijó definitivamente su residencia en Madrid. El pomposo puesto tenía el inconveniente de no tener sueldo hasta que ocurriera una vacante de una plaza que estuviera retribuida. Calderón ingresó en la Congregación de presbíteros naturales de Madrid, en la que tres años más tarde sería elegido capellán mayor. Pasó también a ser miembro de la Hermandad del Refugio de la villa de casa y corte, como había pertenecido a la de Toledo.

La muerte de Felipe IV, ocurrida el 17 de septiembre de 1665, produjo un período de luto en el que estuvieron cerrados los teatros. El Consejo de Castilla no favoreció las representaciones palaciegas que quedaron interrumpidas. Se reanudaron en enero de 1670, cuando Calderón estrenó *Fieras afemina amor,* en el coliseo del Buen Retiro, con motivo de celebrar el nacimiento de la princesa alemana María Antonia, hija de la infanta Margarita, casada con Leopoldo I de Austria, conjuntamente con el deseo inicial de honrar el cumpleaños de la madre, Mariana, acaecido en diciembre.

Durante el período de Carlos II la producción teatral del dramaturgo para palacio disminuyó considerablemente. Sin embargo, se volvieron a representar con gran aparato escénico obras del autor. La situación económica del viejo poeta llegó a hacerse grave, hasta el punto de carecer de lo necesario. En 1679 le fue concedida por cédula real una ración de cámara en especie para que pudiera abastecerse en la despensa de Palacio.

Calderón estrenó su última comedia, *Hado y divisa de Leónido y Marfisa,* en el carnaval de 1680. Estaba trabajando en el segundo auto para la fiesta del Corpus cuando le sorprendió la muerte. Falleció a las doce y media de la mañana el domingo 25 de mayo de 1681. Tras un solemne funeral fue enterado en la capilla de San José, de la iglesia de San Salvador. Dejó por heredera de sus bienes a la Congregación de sacerdotes naturales de Madrid, a la que pertenecía.

ANÁLISIS DE *EL GARROTE MÁS BIEN DADO*

O

EL ALCALDE DE ZALAMEA

Mah. Valedme amigos vosotros.
Dent. Huyamos.
Mah. Cielos que escucho?
Seg. Seguildos y mueran todos.
Tod. Los muertos nos embarazan.
Arm. Feliz dia! estraño gozó!
Tod. Vitoria por Segismundo
vitoria.
Yep. Y Yepes, y todo.

Salen todos.
Seg. Vuestra es la gloria, Dios mio,

ya he vengado vuestro oprobio
Arm. Segismundo
Seg. Esposa amada,
llega a mis brazos dichosos.
Yep. Que tu eras Cristerna, Cielos!
que lo dixe! Soy demonio.
Seg. Proseguire mis vitorias.
Yep. Con esto acabò el negocio.
Señores, ya esto està visto:
aqui tiene fin dichoso
la historia del Transiluano
el Principe Prodigioso.

COMEDIA FAMOSA.

EL GARROTE MAS BIEN DADO.

PERSONAS.

El Rey Felipe Segundo	Soldados	Isabel, hija de Pedro Crespo
Don Lope de Figueroa	Rebolledo, y la Chispa	Ynes, Prima de Isabel.
D. Aluaro de Atayde, Capitan	Pedro Crespo, Labrador	Don Mendo
Vn Sargento	Iuan, hijo de Pedro Crespo	Nuño Criado.

JORNADA PRIMERA.

Salen Rebolledo, la Chispa, y soldados.
Reb. Cuerpo de Christo con quien
desta suerte haze marchar
de vn lugar a otro lugar
sin dar vn refresco. *Todos* Amen.
Reb. Somos Gitanos aqui
para andar desta manera?
vna arrollada vandera
nos ha de llevar tras si
con vna caxa? *Sol.1.* Ya empieças?
Reb. Que este rato que callò,
nos hizo merced de no
rompernos estas cabeças.
Sol.2. No muestres desto pessar,

si ha de olvidarse imagino
el cansancio del camino
a la entrada del lugar.
Reb. A que entrada, si voy muerto?
yaunque llegue viuo allà,
sabe mi Dios, si serà
para alojar; pues es cierto
llegar luego al Comissario
los Alcaldes adezir
que si es que se pueden yr,
que daràn lo necessario.
Responderles lo primero
que es impossible, que viene
la gente muerta; y si tiene

14   e l

Consideración de los elementos históricos

Calderón presenta la acción de este drama trágico en el verano de 1580, cuando las tropas de Felipe II marchaban a Portugal con objeto de defender los derechos del Habsburgo a la corona del reino vecino[1]. Se supone que una bandera del tercio se alojó brevemente en Zalamea de la Serena, y que un capitán causó un incidente, que le costaría la vida al tomar los villanos la justicia por su mano. La entrada de los ejércitos por la región extremeña es un dato histórico conocido. El 13 de junio de 1580 Felipe II pasó revista a las tropas que mandaba el duque de Alba, don Fernando Álvarez de Toledo, en la dehesa de Cantillana, cerca de Badajoz, movimien-

---

[1] El viejo cardenal-infante, don Enrique, había sucedido en el trono portugués a su sobrino, don Sebastián, cuando el joven monarca falleció el 4 de agosto de 1578 en la batalla de Alcazarquivir. Poco duró su reinado, pues, a su vez, murió el 31 de enero de 1580, dejando sin resolver el problema de la sucesión a la corona. Felipe II reclamó el derecho a esta dignidad estatal por ser hijo de la reina Isabel, hermana de Juan III de Portugal, y por el previo casamiento con María Manuela, hija de Juan III y hermana de don Sebastián, de la que había enviudado en 1545. Hizo valer, además, un pacto secreto de sucesión, acordado con el cardenal-infante. El monarca español dispuso emprender su jornada hacia Guadalupe, camino de Portugal, el 6 de marzo de 1580. En Badajoz, el rey cayó enfermo de una gripe epidémica, que costó la vida a su esposa, Ana de Austria. Continuó su marcha en diciembre de 1580, y fue proclamado solemnemente rey de Portugal por las Cortes de Tomar el 15 de abril de 1581.

to militar que dispuso el maestre de Campo don Sancho Dávila. Pocos días después, el rey hizo que se pregonara un severo edicto para evitar el pillaje y excesos comunes en las tropas de paso, que eran albergadas por el villanaje. En el artículo tercero se estipula «que ningún soldado ni otra persona de cualquier grado ni condición que sea, ose ni se atreva de hacer violencia ninguna de mujeres, de cualquier calidad que sea, so pena de la vida»[2]. Esta sanción apunta a desafueros similares al llevado a cabo en escena por don Álvaro de Atayde.

En la detenida descripción de los diferentes generales y capitanes que mandaban las huestes españolas y extranjeras del duque de Alba, hecha con motivo de la revista de Cantillana, no figura don Lope de Figueroa, el cual aparece en la obra como maestre de Campo y cabo del tercio que permaneció brevemente en el lugar extremeño y sus alrededores. Los historiadores indican que don Lope no pudo estar en la villa por aquellas fechas[3]. Además, el dramaturgo hace que Felipe II resuelva el conflicto, apareciendo en la última escena, visita a Zalamea que no consta en las crónicas de la época y que, por tanto se juzga ficticia. El rey «prudente» pasó la Semana Santa de 1580 en el monasterio de Guadalupe, y luego continuó hasta Mérida, a donde llegó el primero de mayo. Pocos días después, prosiguió la jornada hasta Badajoz, ciudad en la que fijó su residencia durante varios meses.

El enamoramiento apasionado de don Álvaro es de traza romántica, así como la caracterización de la discreta Isabel, aventura que se debe a la imaginación poética del autor. Sin embargo, es probable, como indicara Menéndez Pelayo, que haya algún dato relacionable con

[2] Edicto pregonado en el Campo de Cantillana el 28 de junio de 1580, artículo tercero. Véase: Antonio de Herrera, *Cinco libros de la historia de Portugal, y conquista de las islas de las Azores,* 1591, págs. 78-81.
[3] Véanse los datos que aporta Max Krenkel en el «Einleitung» (págs. 93 y ss.) de su edición de *El alcalde de Zalamea,* Leipzig, 1887, y el resumen de los mismos y conclusiones de James Geddes en la «Introduction» a la suya (págs. IV-VI), publicada en Boston, 1918.

la violación de la moza de Zalamea[4]. Calderón llamó «historia verdadera» a la justicia de Pedro Crespo y, si bien ello era una expresión corriente para realzar la verosimilitud y atracción de la acción presentada al público, conviene considerar aquí algunas observaciones pertinentes. La figura de Pedro Crespo, anterior a la gran creación dramática de Calderón, posee una definida evolución folklórica que fue aumentando en significación e importancia hasta ser incorporada a la literatura[5] y al teatro[6]. Por otro lado, existe una litigación de un alcalde de Zalamea que se opuso a las disposiciones de Felipe II en esos años. Este es el caso de don Alonso Pérez de León, alcalde de Zalamea la Real (Huelva), el cual mediante un subterfugio pensó que podía evitar su sucesión en el cargo de alcalde en 1582, dispuesta en la *Carta de Privilegio,* firmada por el rey[7]. La anécdota verdadera pudo cruzarse con el tópico folklórico de Pedro Crespo en el momento creador de Calderón. El dramaturgo recurrió a la información que tenía a mano, pero la cambiaba de acuerdo con sus necesidades poéticas. Manipulaba una tradición literaria para recrearla artísticamente. La fórmula teatral la había propuesto Lope de Vega en su *Arte nuevo de hacer comedias,* en el que se insiste en la importancia de una idea de verosimilitud, válida para su época. Calderón sigue las indicaciones de escuela y busca presentar una verdad esencial, el conflicto entre villanos y militares, debido a los gravámenes impuestos en una sociedad basada en diversas clases con distintos derechos. El desenlace trae consigo una justicia

[4] Marcelino Menéndez y Pelayo, *Obras de Lope de Vega,* «Observaciones preliminares», RAE, tomo XII, Madrid, 1901, página CLX.

[5] Véase el primer capítulo del *Guzmán de Alfarache,* de Mateo Alemán, edición consultada de S. Gili y Gaya, Madrid, Clásicos Castellanos, vol. I, 1941, pág. 66.

[6] En *El diablo está en Cantillana,* en la jornada III, aparece un alcalde de Zalamea, personaje cómico. Véase la edición de Manuel Muñoz Cortés en Clásicos Castellanos, Madrid, 1959.

[7] Véase F. González Ruiz, «El alcalde de Zalamea», *Revista de Feria,* Huelva, Ed. Catolic. Esp., 1952. Noel Salomon no cita este trabajo en sus eruditas *Recherches sur le thème paysan dans la «comedia» au temps de Lope de Vega,* Burdeos, 1965.

poética que no se aviene con los procedimientos legales instituidos, pero que subraya un deseo de democratización dentro de una concepción monárquica absolutista.

El tema y la trama

La *comedia nueva* tuvo como propósito el ser un espejo de la vida, intentó enseñar el arte de vivir. En ella «se hallará de modo que oyéndola se pueda saber todo»[8], había dicho Lope de Vega en su poética del drama. La fórmula teatral de la Edad de Oro buscó un acercamiento a la realidad a través de una convención literaria. Lo cómico y lo grave, lo humilde y lo hidalgo se mezclaron en esta nueva manera artística. Las sentencias y los conceptos alternaron con «el lenguaje casto»[9] de las cosas domésticas. El autor trató de ofrecer la variedad que muestra la naturaleza al querer captar esa complejidad que otorga belleza al discurrir de las horas. Quebrantó la unidad de tiempo, recomendada por Aristóteles, por no ser verosímil al reducir a tan breve lapso el transcurso de una intriga, pero abogó porque ésta pasara «en el menos tiempo que ser pueda»[10]. No tuvo en cuenta la unidad de lugar, introducida por los tratadistas italianos del siglo XVI. En definitiva, presentó una nueva acción dramática, cuya cohesión se establecía por el tema escogido; se empleaban elementos secundarios y subordinados.

La idea de *verosimilitud*[11], que defendió Lope de Vega, merece especial atención. Sería inapropiado hablar de un teatro realista del siglo XVII. El teatro del Siglo de Oro, lo mismo que el clasicista, obedece a unas leyes estéticas, pero a diferencia de éste, propone una aproximación de tipo fiosófico a lo que la vida es y adorna estos princi-

---

[8] Lope de Vega, *Arte nuevo de hacer comedias en este tiempo,* impreso en Madrid por Alonso Martín, 1609, a costa de Alonso Pérez, librero, vv. 388-9.

[9] *Ibídem,* v. 246.

[10] Verso 193.

[11] Lope de Vega dijo en el *Arte nuevo...* que «es máxima que sólo ha de imitar lo verosímil» (vv. 285-286).

pios con rasgos costumbristas. En las *comedias* se percibe un pulso vital en contraste con la tendencia a la imitación de lo clásico. La idea de seguir los modelos grecolatinos había conducido al aislamiento de una acción dramática, que debiera ser cómica o trágica y a la que se forzaba en una química artificiosa o que ocurriera en un solo lugar y en el transcurso de un solo día[12]. El autor barroco, por su parte, se esforzó, como queda dicho, en captar una apariencia de lo real. Este anhelo artístico tuvo que amoldarse a la concepción moral de la época, la cual repercutió en la misma fórmula dramática con el precepto de la *justicia poética,* que suele solucionar los conflictos de la *comedia.* Las escenas, por tanto, no representaban un retrato de la vida. La concepción del realismo no aparecería hasta bien entrado el siglo xix al aceptar lo feo y lo repugnante como elementos literarios válidos y perseguir con rigor el retrato de las pasiones humanas. El teatro barroco, empero, ofreció, dentro de sus convenciones y retóricas, un vislumbre de la realidad dependiente de unas leyes literarias y un gusto poético, que se había impuesto previamente a la elaboración de la obra.

Calderón, de acuerdo con las enseñanzas de su maestro, logra esa «apariencia de realidad» en *El garrote más bien dado,* pieza aplaudida por la crítica de la segunda mitad del siglo xix. El juicio intuitivo de Menéndez y Pelayo expuso tajantemente que «en esta comedia excepcional rebosa la vida hasta en los personajes más secundarios»[13]. En efecto, ¿quién puso en duda el verismo del padre dolorido que busca restaurar el honor de su hija o de la audacia impulsiva del joven Juan o de la pasión desbordante y trágica de don Alvaro o, finalmente el de los episodios de los personajes pintorescos Rebolledo

---

[12] Tirso de Molina, por boca de don Alejo en los *Cigarrales de Toledo* (1624), defiende la técnica de la *comedia nueva,* y señala el inconveniente de presentar en veinticuatro horas la historia de una pasión como pretendían los clasicistas.

[13] M. Menéndez y Pelayo, *Estudios y discursos de crítica histórica y literaria,* Calderón. «El alcalde de Zalamea», vol. III, edición preparada por Enrique Sánchez Reyes, Santander, 1941, página 354.

y la Chispa? Sin embargo, estos eficaces rasgos psicológicos no se obtuvieron como resultado de una genial intuición artística que hubiera sabido captar, sin métodos estilísticos, la expresión de las reacciones humanas y trasladarla a las tablas, sino que se lograron por un calculado ejercicio de contrastes y paralelismos, así como por una complicada retórica, mediante los que el autor se manifiesta maestro en el hábil manejo de las figuras, y con los que alcanza esa rara imagen convincente.

Calderón concibió el teatro como acción presentada por la palabra. El verbo crea la ilusión de un mundo en el escenario. El arte es superior a la idea de la imitación en la elaboración dramática [14]. El título de la obra proponía el tema. *El garrote más bien dado* es un buen ejemplo de esta práctica. La expresión que da nombre a la pieza manifiesta el tópico de que trata y su significación moral. La filosofía que rezuma el enunciado y que da sentido a la acción está de acuerdo con el antiguo proverbio «quien tal fizo, tal padezca» [15], o el más moderno «quien mal hace, que lo pague» [16], o aquel otro, recogido por Gonzalo Correas, «quien mal vive en esta vida, de bien morir se despida» [17].

El dramaturgo escogió una causa jurídica [18] para presentar el conflicto social entre militares y villanos de una manera viva y anecdótica. El enamoramiento del capitán soberbio, que se olvida de su disciplina y que deja que

---

[14] Calderón en las *comedias* de capa y espada y en algún drama presentó una acción con ciertos rasgos costumbristas tomados de una tradición inmediata. Sin embargo, el arte de Calderón evolucionó a un tipo de teatro poético, en el que el ingenio conceptista y la intención filosófica deformaron el mundo de la realidad ofreciendo una visión alegórica. *La vida es sueño, La hija del aire* y las *comedias* mitológicas representan esta vertiente original de Calderón, que atrajo la atención y el estudio de la llamada generación de 1927.

[15] Véase Francisco Rodríguez Marín, *Más de 21.000 refranes castellanos*, Madrid, 1926, pág. 430.

[16] *Ibídem*, pág. 411.

[17] Véase el mismo autor, *Todavía 10.700 refranes,* Madrid, 1941, página 256.

[18] Véase Jean Vilar, «La justice militaire et la justice», *Bref,* volumen 47, junio-julio, 1961.

la pasión tome las riendas de su conducta, determina el crimen de la vioación. Los prejuicios de casta impiden que don Álvaro haga la justa reparación. El padre de la moza, que acaba de ser elegido alcalde, dispone un sumarísimo proceso y ordena la sentencia de muerte, que se ejecuta por estrangulación.

Calderón escogió la figura folklórica y literaria de Pedro Crespo, un alcalde de Zalamea, famoso por su astucia y audacia, pues «pudiera traer los oidores de la oreja» [19], lo caracteriza con el rasgo de la vanidad [20] y lo propone como ejemplo de los nuevos villanos ricos que ostentaban un sentido del honor [21]. El alcalde se venga de su ofensor recurriendo al proceso judicial. Su astucia consiste en presentar un caso en el que se prueba el delito y se aplica la sentencia adecuada, dada la seriedad del mismo. Infringe, sin embargo, las leyes al castigar al delincuente. Crespo había forzado sus poderes más allá de su jurisdicción, pues los delitos de un soldado pendían de la sanción de un tribunal militar. Además, los alcaldes ordinarios poseían poderes limitados a procesos por faltas menores y estaban obligados a remitir los delincuentes graves a la justicia superior del gobernador de la provincia [22]. Finalmente, la ejecución de un caballero se efectuaba normalmente por degollación, ya que se entendía que la pena del garrote iba en contra de su dignidad y empleo [23]; por si ello fuera poco, el juez era parte interesada en la querella, circunstancias todas ellas que son anormales. Pedro Crespo no sigue las regulaciones apropiadas y básicas en el proceso judicial. Calderón nos lo indica cui-

[19] Mateo Alemán, *Guzmán de Alfarache,* edición y notas de Samuel Gili y Gaya, Madrid, Clásicos Castellanos, 1962, pág. 66.

[20] «he oído que es el más vano / hombre del mundo», vv. 168-169, AZCA.

[21] Véase Noel Salomon, *Recherches sur le thème paysan dans la «comedia» au temps de Lope de Vega,* Institut d'études ibériques et ibéro-américaines de l'université de Bordeaux, cap. IV, página 909.

[22] Véase Lope de Deza, *Gobierno político de agricultura,* 1618, folio 119.

[23] Véase Benito de Peñalosa y Mondragón, *Libro de las cinco excelencias de los españoles,* Pamplona, 1629, fol. 88.

dadosamente en la pieza a través de las objeciones de don Lope de Figueroa y del mismo Felipe II. ¿Cómo, pues, resulta que el alcalde no solamente no es castigado por su audacia y mal empleo de los procedimientos legales, sino que termina siendo premiado al obtener su empleo a perpetuidad? Aquí se encuentra el rasgo creador del gran dramaturgo. Ha recurrido a una situación paradójica de gran interés teatral. De acuerdo con las leyes del país la sentencia se ha aplicado sin atenerse a los procedimientos legales regulares. La sanción es justa, puesto que el delito tenía pena de muerte, según la pragmática real promulgada por orden de Felipe II el 28 de junio de 1580, un mes largo antes del momento en que se sitúa la acción de la pieza. La audacia y la valentía de Pedro Crespo, a la par que la astucia, al presentar como un *fait accompli* el caso sumarísimo, cuya sentencia se ha ejecutado ya, le valen el galardón de ser nombrado alcalde perpetuo. Felipe II juzga en la obra que acertó en lo esencial y de esa forma apacigua la región por donde pasan las tropas. Los villanos estaban descontentos por tener que albergar a los soldados camino de Portugal y un enfrentamiento entre labradores y soldados podría haber tenido nefastas consecuencias. Por otro lado, la justa reparación del honor del alcalde, tras el que se unen los otros villanos del lugar, constituye el desenlace a la situación paradójica ideada por Calderón, ya que mediante ella se subraya el valor moral transcendente de la sanción al acudir a lo esencial y desentenderse de las limitaciones impuestas por la circunstancia temporal.

Pedro Crespo, aunque no siguió los procedimientos estipulados por la ley, castigó al capitán que forzara a su hija en el monte. En apariencia, logró evadir la querella personal y obtener la venganza. Consiguió este objetivo con el ejercicio de su claro discernimiento, el cual le permitió ver en abstracto el delito cometido y presentarlo a sus convecinos, así como las causas que lo motivaron, el empecinamiento culpable del infractor de la moral y la propiedad esencial de la sanción. No es de extrañar la popularidad que alcanzara muy pronto este personaje, ni que la obra comenzara a ser llamada

El alcalde de Zalamea en vez de por su título original[24], pues así se rendía adecuadamente reconocimiento a la distinguida creación de esta figura literaria.

El caso de honor y la antinomia armonía-discordia

Lope de Vega había recomendado «los casos de honra, porque mueven con fuerza a toda gente», e indicaba que su parecer se debía a que por ellos el público valora la virtud y condena la traición[25]. El caso de honra en

---

[24] Recuérdese el caso similar de la *Tragicomedia de Calixto y Melibea*, llamada popularmente *La Celestina*. En ambos casos, el público prefirió escoger el nombre del personaje más representativo de la obra, en vez de aceptar el título inicial que respondía más fielmente al concepto dramático del autor. La edición príncipe de la obra de Calderón se titula *El garrote más bien dado* y fue incluida en el volumen *El mejor de los mejores libro que ha salido de Comedias Nuevas,* publicado en Alcalá por María Fernández y a costa de Tomás Alfay en 1651, págs. 135-170. La segunda edición fue hecha en Madrid por María de Quiñones, a costa de Manuel López en 1653, págs. 134-170. Lleva el mismo título. Ese mismo año se incluyó *El garrote más bien dado* en *Doze comedias de las más grandes que hasta ahora han salido,* Lisboa, 1653, págs. 139-174. En el tomo *Séptima Parte de Comedias de Calderón,* que se conserva en la biblioteca de la Universidad de Pennsylvania (868/C12/1683-94, v. 7) editado por Juan de Vera Tassis y Villarroel, e impreso en Madrid, por Francisco Sanz, 1683, recibe el nombre de *El alcalde de Zalamea la Nueva,* con la peculiaridad de que en los encabezamientos de las páginas continúa teniendo el título original. En la edición hecha en Madrid por la imprenta de Antonio Sanz en 1746 se titula *El garrote más bien dado y Alcalde de Zalamea,* y en la de Barcelona, por Escuder, de 1756, *El alcalde de Zalamea y garrote más bien dado.*

[25] He aquí el texto pertinente del *Arte nuevo* (vv. 329-337):

> Los casos de la honra son mejores,
> porque mueven con fuerza a toda gente,
> con ello las acciones virtuosas,
> que la virtud es dondequiera amada;
> pues que vemos, si acaso un recitante
> hace un traidor, es tan odioso a todos,
> que lo que va a comprar no se le vende,
> y huye el vulgo de él cuando le encuentra;

El garrote más bien dado se desarrolla alrededor de Pedro Crespo, cabeza de la familia ofendida por el ultraje de Isabel. El entendimiento de la obra depende, por tanto, del correcto conocimiento del personaje y de la postura que éste adopta ante el agravio a la reputación de su honor, y se complementa con las actitudes de conducta, tomadas por las otras figuras en la acción de la pieza. Calderón presenta una situación dramática en la que se matizan posiciones diversas. El juego conflictivo de las escenas se organiza sobre las bases de armonía y discordia. Zalamea la Serena es un lugar bucólico y tranquilo al que llega el turbión de las pasiones con la entrada de los soldados en la villa.

Pedro Crespo es un tipo hispano de recio carácter tanto en las cualidades como en los defectos. Ello denota una complejidad psicológica que lo hace humano y verosímil. Se trata de un hombre fundamentalmente bueno, pero duro, que atiende a los negocios de los suyos. Tiene dos hijos, Isabel y Juan. La moza está en edad casadera y el joven próximo a la del servicio militar. El labrador posee extensos trigales y la casa mejor abastecida del vecindario. Es respetado por su sagacidad y riqueza. Se le afea, lo que le hace pintoresco, una vana presunción, según cuenta el sargento encargado de las boletas. El grave propietario, que vive apartado de la Corte, contempla la posición moral del individuo con la libertad de un hombre rico para quien no valen las determinaciones de casta. Están afincados en su espíritu los valores esenciales de la dignidad e igualdad de los mortales. Los grandes y chicos de la escala social son responsables de su conducta en el mismo grado. Hace suyo el tópico del derecho a decidir libremente en materias de honor, repetido por los hijosdalgo [26], porque aquéllas están expuestas a la sanción divina, pero no a la humana. Al final del

y si es leal le prestan y convidan,
y hasta los principales le honran y aman,
le buscan, le regalan y le aclaman.

[26] Véase Américo Castro, *De la edad conflictiva,* «El labriego como último refugio contra la ofensiva de la *opinión*», Madrid, Taurus, 1961.

34

acto primero pronuncia con orgullo y en forma emblemática el proverbio siguiente:

> Al rey la hacienda y la vida
> se ha de dar; pero el honor
> es patrimonio del alma,
> y el alma sólo es de Dios [27].

Estos versos resumen sucintamente su filosofía; a ella se atiene y por ella actúa. No valdrán la coacción de un militar famoso y bien intencionado ni las preguntas reveladoras del rey mismo para que deje de defender las consecuencias a las que ha llegado en el acto tercero, tras la aplicación de sus creencias al problema familiar que lo aflige.

Los parlamentos de Pedro Crespo manifiestan paulatinamente la índole de su temperamento. La larga escena en el jardín redondea su personalidad al enfrentarlo con el viejo militar, don Lope de Figueroa, con quien se pone a la par en cuestiones privadas. La despedida de su hijo Juan, dentro de una noble retórica, lo señala como un padre de profundos sentimientos y de natural inteligencia. La astucia y el taimado proceder se muestran con motivo de la ofensa a Isabel. Aprovecha el nombramiento de alcalde para reclamar los derechos a la reparación, y cuando éstos son denegados acude al lado violento y cruel y, no obedeciendo los reglamentos de la época, se venga del capitán bajo la apariencia de hacer justicia. El « ¡juro a Dios que me lo habéis de pagar! » [28] no deja lugar a dudas con respecto a la intención de venganza. Pedro Crespo pudiera haber evitado la tragedia íntima de su hija comprando una ejecutoria de hidalguía, como le aconseja su hijo, ya que ello le hubiera remediado de estar sometido al gravamen de tener que albergar a la tropa de paso por el pueblo. La argumentación de no haberlo hecho es razonable, ya que propone una honra verdadera, basada en la virtud. Con todo, la negación ro-

[27] AZCA, vv. 873-876.
[28] AZCA, vv. 2336-7.

tunda «yo no quiero honor postizo» [29], manifiesta una actitud altanera, que le vale indirecta e irónicamente la pérdida de la reputación.

El concepto del honor igualatorio, «horizontal» según la terminología de Gustavo Correa [30], que tiene como timón la virtud de las obras, gobierna la familia Crespo. En el caso del labrador, aparte de la vanidad ingenua, se trata de respeto por la moral y censura de las malas costumbres [31]. Los hijos tienen fundamentalmente los mismos principios. Son buena gente, respetuosos y obedientes con los mayores, y en el caso de la muchacha se observa un firme recato. Sin embargo, hay en ambos una inclinación a aceptar los valores convencionales que no se advierte en el progenitor. Juan, aparte de la imprudencia propia de los años, que le lleva a empeorar las cosas en vez de solventarlas, como es el caso de la discusión con el capitán en la habitación de su hermana o en la pelea con él en el monte, hubiera preferido el honor falso de la ejecutoria para evitar la condición de pechero. Isabel, ocurrida la violación, no entiende por qué su padre publica el vergonzoso episodio y le recrimina por ello, ateniéndose a la recomendación superficial del secreto ante la deshonra [32].

El concepto vertical de la honra viene representado principalmente por el cabo de la tropa, don Lope de Figueroa, y por el capitán, don Álvaro de Atayde. El nacimiento les ha situado en la clase de los privilegiados. Los dos son caballeros del rey. Don Lope de Figueroa es un militar ordenancista que cree en una justicia severa y jerarquizada. A este maestre de campo de los tercios españoles le llama la atención las salidas pintorescas de un

---

[29] V. 517.

[30] Véase G. Correa, «El doble aspecto de la honra en el teatro del siglo XVII», *Hispànic Review,* vol. XXVI, núm. 2, abril, 1958, páginas 99-107.

[31] Es útil para considerar el concepto del honor el discurso *Intorno all'Honore,* de M. Darío Attendolo, Venecia, 1566.

[32] Carlos había dicho en *Amar por razón de estado,* de Tirso de Molina: «... que el agravio / no lo es mientras no se diga». (Acto I, escena IV.) Cito por la edición de Blanca de los Ríos, Madrid, Aguilar, tomo II, 1952, pág. 1096.

labrador que se expresa con la seguridad y pundonor de un hijodalgo [33]. Esto le entretiene y le distrae de su quebrantada salud. El conocimiento de la peregrina familia le conduce a sentir cordial amistad por las virtudes rústicas que la adornan. El honor horizontal de Crespo contrasta con la honra vertical del cabo de la tropa, hospedado en la casa del rico hacendado. Los paramentos paralelos y contrapuestos de estas dos figuras literarias se han hecho célebres. Calderón condensa y sinteitza la forma hasta la sucinta esticomicia, como puede verse en el conocido pasaje, avivado por el uso de la exclamación [34], en el que don Lope se queja del dolor que le causa su pierna y que termina con los versos siguientes:

P. C.   ¡Dios, señor, os dé paciencia!
d. L.   ¿Para qué la quiero yo?
P. C.   No os la dé.
d. L.   Nunca acá venga,
       sino que dos mil demonios
       carguen conmigo y con ella.
P. C.   ¡Amén! Y si no lo hacen
       es por no hacer cosa buena.
d. L.   ¡Jesús mil veces, Jesús!
P. C.   Con vos y conmigo sea.
d. L.   ¡Voto a Cristo, que me muero!
P. C.   ¡Voto a Cristo, que me pesa! [35]

El dramaturgo logra esa apariencia de realidad a través de una retórica calculada. Presenta al militar malhumorado al que le duele la pierna malcurada y a quien trata de calmar, sin llegar a ser obsequioso y muy dentro de su dignidad, el compadecido labrador.

Don Lope se muestra inflexible en el conflicto entre soldados y villanos, producido por la detención y encarce-

---

[33] La atracción del noble por el villano de vida virtuosa, retirado en un rincón lugareño, tiene un antecedente en la fábula del rey de Francia y Juan Labrador que llevó al teatro Lope de Vega en *El villano en su rincón*.

[34] Las exclamaciones abundan en el fragmento al que nos referimos y que se ha transcrito a continuación. Véanse «amén», «Jesús», «Voto a Cristo».

[35] AZCA, vv. 1160-1170.

lamiento de don Álvaro, y aplica el código militar sin poder comprender la postura del nuevo alcalde que ahora encabeza la oposición del vecindario. Su irritación llega al punto de estar decidido a incendiar y destruir la población si no le entregan al capitán detenido.

Don Álvaro representa la postura negativa y patética del honor vertical. La atracción que siente por Isabel comenzó con una simple curiosidad por ver y hablar a la moza escondida. La discreción y belleza de la muchacha despiertan en él una egoísta pasión. Esta búsqueda del placer le arrastra a una caída moral en la que pierde la armonía del espíritu. La separación que se le impone del objeto amoroso le empecina en su deseo, y despertado el amor físico todo es correr hacia la destrucción. En los comienzos del acto segundo don Álvaro pronuncia un bello romance en el que se acepta la visión de un mundo caótico, donde el cambio es la ley y la fortuna la regidora del fluir de los acontecimientos. El alocado capitán defiende el accidente en vez de la esencia, el goce material en vez de la seguridad trascendente. Se entrega a una filosofía deshonrosa que lo conduce a la muerte y a la destrucción de su reputación. Calderón se esmeró en la elaboración de este hermoso y sonoro parlamento:

> En un día el sol alumbra
> y falta; en un día se trueca
> un reino todo; en un día
> es edificio una peña;
> en un día una batalla
> pérdida y victoria ostenta;
> en un día tiene el mar
> tranquilidad y tormenta;
> en un día nace un hombre
> y muere; luego pudiera
> en un día ver mi amor
> sombra y luz, como planeta;
> pena y dicha, como imperio;
> gente y brutos, como selva;
> paz e inquietud, como mar;
> triunfo y ruina, como guerra;
> vida y muerte, como dueño
> de sentidos y potencias;

> y habiendo tenido edad
> en un día su violencia
> de hacerme tan desdichado,
> ¿por qué, por qué no pudiera
> tener edad en un día
> de hacerme dichoso? ¿Es fuerza
> que se engendren más despacio
> las glorias que las ofensas? [36]

Calderón construye el pasaje sobre la repetición progresiva y ascendente de la expresión «en un día», que refleja la filosofía discordante de don Álvaro. Las seis anáforas introducen una variedad de imágenes análogas y correlativas, por la que se ilustran los cambios contrastantes de la fortuna. Dicho pensamiento se aplica en forma recolectiva al amor físico no correspondido, el cual queda comparado así con un planeta, un imperio, una selva, un mar, una guerra y un hombre. Como colofón coloca dos erotemas o preguntas retóricas con los que se da aliciente al loco amor, ya que en el ritmo del rodar de la fortuna los acontecimientos favorables y adversos se alternan.

Ocurrida la deshonra de Isabel, el *acaso* ofrece a Pedro Crespo el medio para reclamar los derechos de la restauración mediante el matrimonio. La respuesta seca y desdeñosa del altanero militar determina el curso de la acción que toma el alcalde. El cuerpo retorcido del capitán al que han dado *garrote,* cuadro plástico con reminiscencias de Séneca e ilustración emblemática a la que se puede poner el mote de «quien tal fizo, tal padezca», es el resultado de un ceremonial arcaico de purificación, que limpia el deshonor y que, además, deja asentado que la opinión de un villano vale tanto como la de un gentilhombre.

Don Mendo, en el juego de posturas adoptadas en el desarrollo del concepto del honor presentado en la pieza, representa la sátira burlona de la honra vertical. Este personaje estrafalario, figura del donaire, es un hidalgo empobrecido que vive en la aldea y que corteja a Isa-

---

[36] Vv. 969-994.

bel. Sus razones amorosas son alambicadas y risibles al tenerse en cuenta su condición. El tópico del hambre, que sustenta gran parte de los parlamentos que sostiene con el criado Nuño, lo entronca con las aventuras del famoso escudero del tratado tercero del *Lazarillo de Tormes*. La idea del honor es en él totalmente vacía, pues no responde a la situación que ocupa en la sociedad de Zalamea. Habla en forma grandilocuente de sus caballos y galgos enflaquecidos, usa palillo de oro para implicar grandes comilonas que nunca hubo, se refiere a la ejecutoria familiar, pintada de oro y azul, aspira a que Isabel se haga su barragana, y tiene ya previsto que cuando se canse de ella la piensa enviar a un convento. Estas extraordinarias previsiones y declaraciones lo caracterizan como un personaje de humor, esperpento grotesco, con el que se da variedad a la historia de la pieza y con el que se introduce un torrente de chistes conceptistas de buen cuño. La manera mecánica, por lo inauténtica, de sus «locos extremos de amante» [37] hace que Isabel se resuelva a pedir a su prima Inés que le dé «con la ventana en los ojos» [38].

Zalamea, el lugar donde ocurre la acción, es un rincón rústico, apartado de ese «mundanal ruido» que censuraba Fray Luis de León. Las costumbres de los labradores son sencillas y honestas. El campanario de la iglesia que se eleva entre las casas señala la devoción y el orden de la comunidad. Las faenas de la tierra, la trilla, bielda y recolección del grano a las que alude Pedro Crespo, cuando vuelve de las eras [39], indican la abundancia y bienestar de la población. La vida en el campo extremeño está presentada en una *aurea mediocritas*. Los campesinos acuden a sus negocios en una manera armónica y sobre ellos se refleja la belleza agreste, espejo del orden del universo, según las teorías posrenacentistas de la época. La naturaleza idílica tiene especial y singular expresión en el jardín de la casa de los Crespo. Allí la

---

[37] Verso 378.
[38] Verso 393.
[39] Vv. 424-438.

música del aire mece las parras y los árboles. El compás del chorro de la fuente invita a la gozosa meditación y el gorjeo de los pájaros expresa el concierto y la concordia de este microcosmos en la armonía pueblerina [40]. Isabel es ejemplo de la buena conducta rural. El poeta ha idealizado este personaje femenino con meticulosa finalidad. Redondean su carácter la obediencia filial, el recato juvenil y el discreto proceder, a lo que se añade la hermosura y proporción de su figura. Es la prenda querida de una familia satisfecha, que vive dedicada a las tareas agrícolas, así como el orgullo del vecindario de Zalamea.

La llegada de la milicia altera la tranquilidad del lugar. Llegan soldados apicarados y mandos crueles. Un sector de fuerzas pertenece al mundo del hampa, en el que reina la violencia, la desvergüenza y el robo. La tropa viene cansada. Anuncia así posibles y desaforados sucesos en la villa extremeña. El ritmo de los tambores hace marchar rápidamente la bandera que entra en Zalamea. La Chispa para aliviar a sus compañeros canta con Rebolledo una jácara que manifiesta la vida irresponsable del soldado que no quiere obligaciones, y cuya preocupación es comer bien en el lugar donde le hospeden. Las voces de germanía sirven para caracterizar a estos pintorescos personajes salidos de la picardía de Cervantes y de Luis Vélez de Guevara. Rebolledo habla de dar un posible «tornillazo» [41], o sea, de desertar, y ante una inminente contienda se refiere a ella diciendo «que ha de haber hurgón» [42]. La Chispa, por su parte, en la querella que tiene con un soldado por motivo del barato del juego de boliche, se defiende explicando que ello fue por causa de una «alicantina» [43] o trampa que aquél quería hacerle. Las voces de germanía obtienen la expresión más aparatosa en la jácara *La Chillona,* que relata una reyerta tabernaria entre dos rufianes, Sampayo y el Garlo, y que revela las malas costumbres de los soldados que se alojan en Zalamea.

[40] Vv. 1085-1102.
[41] Verso 43.
[42] Verso 774.
[43] Verso 1055.

La tropa ha llegado al lugar extremeño en agosto de 1580, estación apropiada para el estallido violento de las pasiones, debido al calor que hace en esas fechas. Un turbión de malas ideas invade la atmósfera pueblerina. El deseo del alentado capitán comienza como una travesura maliciosa en la que interviene Rebolledo, se torna pronto en vendaval erótico, y culmina en el rapto y violación de la dulce Isabel en el monte. Los pacíficos lugareños se tornan en leones rebeldes que defienden al decidido alcalde [44]. La querella adquiere trascendencia y la falta de tacto de don Lope de Figueroa aumenta la discordia. Las compañías regresan en «escuadrones», «con balas en los cañones y con las cuerdas caladas» [45] con la intención de poner fuego y arrasar todo el lugar si ello es necesario. La discordia de las emociones ha alterado la paz rústica.

La restauración del orden se obtiene por medio de la intervención de Felipe II, en una técnica similar a la del *deus ex machina*. El monarca acoge el suceso como algo que se ha hecho ya, admite que la sentencia del alcalde ordinario es justa en cuanto a la moral, aparte de los intereses que puedan haberla motivado, y premia la entereza de Pedro Crespo nombrándole alcalde perpetuo. Queda así restablecida la armonía de los extremeños. Se ha lavado la mancha deshonrosa de los Crespo. Calderón no trata de defender en la pieza el cruel código del honor, sino simplemente de utilizarlo como tema de evidente eficacia dramática y de acuerdo con los principios estéticos del barroco.

El lenguaje, el concepto y la retórica

No hay mejor camino ni más apropiado método para entrar en el pensamiento de Calderón que el estudio de

---

[44] La dicotomía orden-desorden, armonía-discordia, lugar idílico-acción bélica rebelde, que Calderón desarrolla en *El alcalde de Zalamea,* tiene un antecedente en *Fuente Ovejuna,* de Lope de Vega, en donde la incitación al levantamiento ocurre a causa del rapto de Laurencia, la hija del alcalde Esteban.

[45] AZCA, vv. 2615-17.

su lenguaje y retórica. Suspende la exactitud, la variedad y riqueza, la afluencia aparatosa, el brillo fónico de las palabras en el texto del dramaturgo. Un léxico rico refleja un amplio caudal de conocimientos, así como un profundo sentido de la literatura y el folklore españoles.

Como el asunto de la *comedia* se basa en una causa judicial que se desarrolla en el acto tercero, los términos legales subrayan el *decorum* de los diálogos. En la última jornada matizan el texto vocablos concernientes al proceso legal como autoridad, jurisdicción, cuerpo de justicia, justicia ordinaria, concejo, consejo de guerra, audiencia, tribunal, averiguación, causa, proceso, testigo, delito, delinquir y sentencia.

El mundo del hampa que representan Rebolledo y la Chispa se sugiere por las formas de germanía [46] que pronuncian estos personajes.

El uso del concepto [47] es moderado en la pieza. En el apóstrofe al sol del largo parlamento de Isabel, al comienzo del acto tercero [48], la dolorida moza pide al astro que detenga el curso para que no alumbre su deshonra. Este pensamiento poético se adorna con las metáforas de «mayor planeta», «deidad» y «faz hermosa», aplicadas a la estrella. En tono menor y con intención satírica —dada la figura estrafalaria, don Mendo, el hidalgo pobre de Zalamea—, utiliza la comparación, muy empleada por los cortesanos, de la dama y el sol. Se acerca a la ventana de Isabel y al verla le dice que hasta ese momento no había amanecido. El manido *concepto* toma aquí nueva fuerza expresiva por la entonación enfática con la que se pronuncia, lo que realza la situación cómica. El «amane-

[46] Por ejemplo: tornillazo, haber hurgón, rasguño, alicantina, jaque, paso de garganta.

[47] Baltasar Gracián ofrece la siguiente definición del *concepto* en *Agudeza y arte de ingenio:* «es un acto del entendimiento, que exprime la correspondencia que se halla entre los objetos». (Edición de Correa Calderón, Madrid, Castalia, 1969, pág. 55.) Para un deslinde de lo que era el uso del *concepto* en el Siglo de Oro, véase el estudio «Sobre la dificultad conceptista», de Fernando Lázaro, en *Estudios dedicados a Menéndez Pidal,* tomo VI, CSIC, Madrid, 1956, págs. 355-386.

[48] AZCA, vv. 1800-1825.

cer» provocado por la aparición de la garrida muchacha es como un segundo día[49].

La agudeza verbal brilla en los diálogos de don Mendo y Nuño, su criado, en los que se encuentran buenos ejemplos de agudeza. La afectación del esperpéntico hidalgo es objeto continuo de las chanzas del sirviente[50]. Quizá la parte más graciosa de su participación en la obra sea cuando ambos salen a escena por vez primera y don Mendo despliega su estrafalaria vanidad y Nuño mediante la dilogía y el sentido metafórico y analógico de las palabras la expone a ludibrio[51]

La composición de *El garrote más bien dado* se apoya y fundamenta sobre una retórica hábilmente construida. El efecto de los parlamentos de esta pieza, tantas veces alabados por una supuesta sencillez y forma directa de expresión, responde paradójica, pero explicablemente, a una serie de recursos retóricos sabiamente distribuidos. Gran parte de estos procedimientos estilísticos son de origen popular, pero su uso se ha intensificado y la elaboración de ellos presenta una variedad más amplia y rica.

De acuerdo con la tradición oral poética mantenida en los romances, el recurso más evidente en la pieza es la repetición. Con ella se intensifica el valor expresivo de un vocablo o de una construcción, se realza y obtiene

---

[49] He aquí el texto del fragmento indicado:

> Hasta aqueste mismo instante,
> jurara yo a fe de hidalgo
> —que es juramento inviolable—
> que no había amanecido;
> mas ¿que mucho que lo extrañe,
> hasta que a vuestras auroras
> segundo día les nace?

[50] Los diálogos de don Mendo y Nuño tienen un antecedente observable en los de don Roque y Merlín, personajes de *El caballero del Sol,* de Luis Vélez de Guevara. Los tópicos del hambre v de la vanidad estrafalaria aparecen en ambos textos, así como la pretensión ridícula de la apariencia. Calderón ha hecho humanos a los personajes al situarlos en el rincón extremeño y sustraerlos de un mundo ficticio de caballerías.

[51] AZCA, vv. 1678-1681.

un impacto psicológico más profundo. En el caso de *El garrote más bien dado,* la elaboración se hace progresivamente más cuidadosa y detallada, y en el acto tercero se observa una acumulación de la sinonimia. El juego de expresiones reiterativas y paralelas otorga al verso un ritmo intencional de sabor añejo y una mayor eficacia representativa.

Pedro Crespo, después de haberse despedido de su hijo, quiere retener en su retina la imagen querida del muchacho que se aleja, cuando ya no puede percibirse, y él mismo lo indica con estos versos:

> A la verdad, no entro dentro
> porque desde aquí imagino,
> como el camino blanquea,
> veo a Juan en el camino [51].

Tras el rústico pleonasmo lugareño y la rima interna «imagino-camino», acompañada de la nota de color que indica la carretera polvorosa en verano, el poeta presenta una *visión* estimulada por el cariño («veo a Juan en el camino»), lo que acentúa la nota nostálgica de la partida.

En otro momento, Isabel describe los acontecimientos que rodearon su violación y dice haciéndose eco de una tradición lírica esta anáfora que transcribimos:

> que ya nadie hay quien le siga
> que ya nadie hay que me ampare [52].

El sintagma «que ya nadie hay» se bifurca con la presentación de dos significados distintos, el de persecución y el de defensa; con el primero termina el verso 1943, y con el segundo el verso 1944. Las variantes son complementarias y, juntas, refuerzan el mensaje que subraya la libertad de acción del ofensor.

La variedad de anáforas es numerosa y en algún caso la reiteración no tiene solamente un valor formal, sino que puede contener una filosofía trascendente que retrata la actuación de un personaje, como en el fragmento ya

---

[52]   Vv. 1943-44.

aludido de don Álvaro que comienza «En un día el sol alumbra y falta» [53]

Un escrutinio detenido de la pieza pone al descubierto una red de anadiplosis, epanadiplosis, reduplicaciones o epímones, epíforas y expoliaciones, sin faltar la conmoración y con la abundancia de las derivaciones, que manifiestan la lenta y consciente redacción de la *comedia*.

Si la tradición lírica, propagada por el romance, ha otorgado a Calderón los recursos formales, además de la repetición, de la enumeración y la antítesis, la poesía renacentista le ha favorecido con el uso de la transposición y el hipérbaton, así como con el juego analógico de las comparaciones y con el ejercicio de parlamentos paralelos.

La tensión dramática viene marcada por las exclamaciones y las interjecciones, y entre estas últimas es notable el uso del ecfonema.

La ironía sirve para subrayar el carácter de Pedro Crespo, y Calderón la utiliza para decoro de su genial y compleja creación literaria. Véase este pasaje en el que la socarronería del labrador se pone en evidencia:

> Demás de que yo he tomado
> por política discreta,
> jurar con aquel que jura,
> rezar con aquel que reza.
> A todo hago compañía;
> y es aquesto de manera,
> que en toda la noche pude
> dormir, en la pierna vuestra
> pensando, y amanecí
> con dolor en ambas piernas;
> que por no errar la que os duele,
> si es la izquierda o la derecha,
> me dolieron a mí entrambas.
> Decidme ¡por vida vuestra!
> cuál es y sépalo yo,
> porque una sola me duela [54].

---

[53] Vv. 969 y ss.
[54] Vv. 1135-1150.

El tono de burla-sarcasmo juguetón, da vida a este gracioso parlamento.

El catedrático de retórica y poética del siglo pasado, Coll y Vehí, puso como ejemplo de ironía en su conocida preceptiva [55] otro caso de mayor fuerza dramática, en el que Crespo, con una sarcástica cortesía, le anuncia a don Álvaro, escondiendo la cólera, la suerte que le espera. Me refiero al famoso fragmento que comienza «Con respeto le llevad...» y que termina:

> Y aquí para entre los dos
> si hallo harto paño en efeto,
> con muchísimo respeto
> os he de ahorcar, ¡juro a Dios! [56]

En la obra se intercalan cantares populares, de acuerdo con la práctica divulgada por la escuela de Lope de Vega. Muy conocida es la letra «Las flores del romero» [57] con aire de seguidilla, que como refrán había divulgado Gonzalo Correas con la variante «La flor del romero...» [58], y que Góngora había glosado en una composición escrita en 1608. En el mismo acto segundo, que es el más rico en motivos populares cantados, se incluye el comienzo de otra seguidilla:

> que el amor del soldado
> no dura un hora [59].

---

[55] José Coll y Vehí, *Elementos de literatura*, Madrid, 1859, página 45.

[56] El fragmento entero corresponde a los vv. 2362-77 de AZCA.

[57] La letra es la siguiente:

> Las flores del romero
> niña Isabel,
> hoy son flores azules,
> mañana serán miel.

[58] Gonzalo Correas, *Vocabulario de refranes y frases proverbiales,* Madrid, 1924, pág. 217.

[59] AZCA, vv. 1504-05.

Gonzalo Correas lo había incluido también en una variante, en el libro citado [60].

Mucho interés tienen la jácara que se entona apenas comenzada la obra [61] y el romance *La Chillona* [62]. En ambos casos, la canción está relacionada con la función dinámica del movimiento de escena y tiene como mensaje el revelar el mundo hampesco de cierto sector de la milicia.

La utilización de todos estos cantares se ha hecho con maestría desde una perspectiva culta para enriquecer el texto dramático.

Creo que con lo dicho hasta aquí se pone de manifiesto la cuidadosa elaboración de las fórmulas retóricas en *El garrote más bien dado.*

El texto

El garrote más bien dado o *El alcalde de Zalamea* es, junto a *La vida es sueño,* la obra más popular de Calderón. Es de extrañar, por tanto, que la edición príncipe de esta *comedia famosa* no haya obtenido hasta recientemente la atención que merece. Las ediciones que se han hecho siguen, salvo raras excepciones, las correcciones hechas sin autoridad por Vera Tassis, recogidas con menos cambios por don Juan Fernández de Apontes.

El texto original tiene por título el de *El garrote más bien dado* y se encuentra en la colección *El mejor de los mejores libros que ha salido de Comedias Nuevas,* dedicado a Agustín de Hierro, Alcalá, 1651, en casa de María Fernández y a costa de Tomás Alfay, al que designamos con la sigla AZCA. Este volumen se reimprimió con alguna variante en 1653. Este mismo año *El garrote más bien dado* se incluyó en otra colección publicada en Lisboa con el título de *Doze comedias las más grandiosas*

---

[60] «El amor del soldado no es más de una hora, que en tocando la caja y a Dios, señora», pág. 45.

[61] AZCA, vv. 101-112.

[62] Vv. 1321-1326, 1329-1338.

que hasta ahora han salido de los mejores y más insignes poetas.

Hemos seguido para esta edición el texto de la príncipe, restituyendo a la obra su antiguo color, candor y autoridad.

Un estudio comparativo de textos pone de relieve la necesidad de volver a la edición príncipe. Es curioso el hecho de que ninguno de los editores haya acudido exclusivamente a la edición de 1651 para utilizarlo como texto de sus respectivas publicaciones y que hayan preferido presentar una edición híbrida, quizá por el hecho inicial, en los mejores encaminados, a no querer aceptar un título que pudiera no sonarles bien.

Juan de Vera Tassis la incluyó en la *Séptima Parte de Comedias,* de Calderón, 1683, en el lugar décimo primero de las doce que contiene. En el índice se titula *El alcalde de Zalamea la Nueva* (págs. 481-518). La designamos con la sigla AZCVTM. En otra edición distinta, también fechada en 1683, de la que se conserva una copia en la biblioteca de la Universidad de Pennsylvania, se presenta un nuevo texto con variantes y con la circunstancia de que el encabezamiento en la paginación dice *El garrote más bién dado Comedia Famosa;* la designamos con la sigla AZCVTP. Parece ser que fue Vera Tassis el que divulgó el título de *El alcalde de Zalamea,* que se impondría en las impresiones generales de comedias.

En el siglo XVIII, don Juan Fernández de Apontes hizo una edición, *Comedias del célebre poeta español, don Pedro Calderón de la Barca,* Madrid, 1760-1763, en diez volúmenes. El décimo, de 1763, contiene la *Parte Décima* y la *Décimo Primera,* y en el último lugar del tomo figura *El alcalde de Zalamea.* Se ha adaptado el título ofrecido por Vera y se ha corregido sistemáticamente la gramática, el uso de algún término vulgar, diferentes repeticiones, frases anfibológicas y varias exclamaciones, lo que iba en contra del gusto neoclásico. Este ha sido el texto más difundido que designamos con la sigla AZCFA. Sucesivos editores han recurrido a él. Juan Jorge Keil lo hizo así en la impresión de Leipzig (vol. IV), 1830. Juan

Hartzenbusch la inserta en el tomo tercero de las *Comedias de don Pedro Calderón de la Barca*, «colección más completa de todas las anteriores», y a la que añade acotaciones para la representación y entendimiento de la acción escénica. Figura en el volumen duodécimo de la Biblioteca de Autores Españoles de Rivadeneyra [63]. Augusto Cortina la vuelve a reproducir en el tomo centésimo trigésimo octavo de Clásicos Castellanos, Madrid, 1955. La lista es numerosa. La razón que ha llevado a muchos editores a escoger el texto de Fernández de Apontes se halla en el hecho de que sus correcciones ofrecen a la pieza un aire más moderno.

Una loable excepción fue la edición de Max Krenkel que apareció como tercer volumen de sus Klassiche Bühnendichtungen, Leipzig, 1887, y que se basa primordialmente en la edición de Vera Tassis, bastante próxima a la de Alfay. Designamos este texto con la sigla AZCKr.

A principios de siglo el profesor James Geddes siguió a Krenkel en su edición publicada en Boston en 1918. Hace pocos años, Peter N. Dunn y Robert Marrast han publicado *El alcalde de Zalamea,* teniendo como textos bases las ediciones de Alfay y de Vera Tassis.

Por primera vez, nuestra edición restituye el título original de la obra y toma como único texto válido el de Alfay. La grafía y puntuación han sido modernizadas de acuerdo con el criterio de Ediciones Cátedra.

---

[63] El profesor Albert E. Sloman ha puesto en duda la conveniencia de la división escénica propuesta por Hartzenbusch. Véase «Scene Division in Calderón's *El alcalde de Zalamea*», *Hispanic Review,* vol. XIX, 1951, págs. 66-71.

Bibliografía

A) COMEDIAS DE CALDERÓN:

Primera parte de comedias de don Pedro Calderón de la Barca, recogidas por don José Calderón de la Barca, su hermano, al excelentísimo señor don Bernardino Fernández de Velasco y Tovar, condestable de Castilla; por María Quiñones, a costa de Pedro Coello y de Manuel López, Madrid, 1636.

Segunda parte de las comedias de don Pedro Calderón de la Barca, caballero del hábito de Santiago, recogidas por don José Calderón de la Barca, su hermano, dirigidas al excelentísimo señor don Rodrigo de Mendoza Rojas y Sandoval; por María de Quiñones, a costa de Pedro Coello, Madrid, 1637.

Tercera parte de comedias de don Pedro Calderón de la Barca, caballero de la Orden de Santiago, dedicadas al excelentísimo señor don Antonio Pedro Álvarez..., marqués de Astorga y San-Román; por Domingo García Morrás, a costa de Domingo Palacio y Villegas, Madrid, 1664.

Cuarta parte de comedias nuevas de don Pedro Calderón de la Barca, caballero de la Orden de Santiago; lleva un prólogo del autor; por José Fernández de Buendía, a costa de Antonio de la Fuente, Madrid, 1672.

Comedias del célebre poeta español, don Pedro Calderón de la Barca, que nuevamente corregidas publica don Juan de Vera Tassis y Villarroel, su mayor amigo, en Madrid, por Francisco Sanz. En nueve partes publicadas entre 1682 y 1691. (Edición que ha perdido autoridad, pero que todavía sigue siendo la única versión conservada de algún texto calderoniano.)

Para un conocimiento de los textos de Calderón, véase la *Memoria de comedias de don Pedro Calderón,* enviado por el mismo autor al excelentísimo duque de Veragua en 1680, y que fue publicada en el *Obelisco fúnebre, pirámide funesto,* poema de don Gaspar Agustín de Lara, Madrid, 1684.

(Esta lista ha sido retocada para su publicación.)

B) Documentos y estudios sobre Calderón:

Documentos para la biografía de don Pedro Calderón de la Barca, recogidos y anotados por Cristóbal Pérez Pastor, Madrid, 1905.

Ensayo sobre la vida y obra de don Pedro Calderón de la Barca, de Emilio Cotarelo y Mori, estudio aparecido en varias partes en el «Boletín de la Real Academia Española», vols. 8, 9 y 10, Madrid, 1921-23.

«Calderon's Alcalde de Zalamea in der deutschen Literatur», de A. Gunter, *Zeitschrift für Französischen und Englischen Unterricht,* XXV, 1926, págs. 445-457.

A Chronology of the Plays of D. Pedro Calderón de la Barca, de Harry Warren Hilborn, Toronto, 1938.

Calderón, su personalidad, su arte dramático, su estilo y sus obras, de A. Valbuena Prat, Juventud, Barcelona, 1941.

«El alcalde de Zalamea y Fuenteovejuna frente al derecho penal», de V. Mallarino, *Revista de las Indias,* XIV, 1942, págs. 430-431.

Calderón de la Barca, estudio y antología, de Eugenio Frutos Cortés, Labor, Barcelona, 1949.

«Scene Division in Calderon's *Alcalde de Zalamea*», de A. E. Sloman, en *Hispanic Review,* XIX, 1951, págs. 66-71.

«Caracteres e imágenes en *El alcalde de Zalamea*», de C. A. Soons, *Romanische Forschungen,* vol. 72, 1960, págs. 104-107.

Calderon 4 Plays, introducción y traducción de Edwin Honig, New York, Hill and Wang, 1961.

Perspectiva crítica de los dramas de Calderón, de A. Valbuena-Briones, Madrid, Rialp, 1965.

Calderón de la Barca, de Everett W. Hesse, New York, Twayne Publishers, 1967 *.

---

* Pueden incluirse aquí por las referencias a *El alcalde de Zalamea* las obras siguientes:

De la edad conflictiva, de Américo Castro, Taurus, Madrid, 1961.

Recherches sur le thème paysan dans la «comedia» au temps de Lope de Vega, de Noel Salomon, Institut d'études ibériques et ibéro-Américaines de l'Université de Bordeaux, 1965.

El garrote más bien dado

COMEDIA FAMOSA

PERSONAS

El Rey Felipe Segundo.
Don Lope de Figueroa.
Don Álvaro de Atayde, capitán.
Un sargento.
Soldados.
Rebolledo, y la «Chispa».
Pedro Crespo, labrador.

Juan, hijo de Pedro Crespo.
Isabel, hija de Pedro Crespo.
Inés, prima de Isabel.
Don Mendo.
Nuño; criado.
Un escribano.
Villanos.

JORNADA PRIMERA

Salen REBOLLEDO, *la* «CHISPA» *y soldados.*

REBOLLEDO   ¡Cuerpo de Cristo con quien
de esta suerte hace marchar
de un lugar a otro lugar
sin dar un refresco!

TODOS   ¡Amén!

REBOLLEDO   ¿Somos gitanos aquí,   5
para andar de esta manera?
¿Una arrollada bandera
nos ha de llevar tras sí
con una caja...

SOLDADO 1.º   ¿Ya empiezas?

REBOLLEDO   que este rato que calló   10
nos hizo merced de no
rompernos estas cabezas?

SOLDADO 2.º   No muestres de eso pesar,
si ha de olvidarse, imagino,
el cansancio del camino   15
a la entrada del lugar.

---

⁹ *caja.* Forma arcaica por tambor.

REBOLLEDO   ¿A qué entrada, si voy muerto?
                   Y aunque llegue vivo allá,
                   sabe mi Dios si será
                   para alojar; pues es cierto   20
                   llegar luego al comisario
                   los alcaldes a decir,
                   que si es que se pueden ir,
                   que darán lo necesario.
                   Responderles lo primero   25
                   que es imposible, que viene
                   la gente muerta; y, si tiene
                   el concejo algún dinero,
                   decir: «Señores soldados,
                   orden hay que no paremos;   30
                   luego al instante marchemos.»
                   Y nosotros, muy menguados,
                   a obedecer al instante
                   orden, que es, en caso tal,
                   para él orden monacal,   35
                   y para mí mendicante.
                   Pues ¡voto a Dios! que si llego
                   esta tarde a Zalamea,
                   y pasar de allí desea

---

[21] *comisario.* Ministro subalterno de los intendentes de milicia.

[35-36] *orden monacal... mendicante.* Dilogía de la palabra *orden* por los dos sentidos de disposición militar para hacer algo y asociación religiosa. Las órdenes monacales o de monjes vivían en monasterios con prebendas, diezmos y subvenciones que ayudaban a la próspera marcha de la economía de estas instituciones. Las órdenes mendicantes dependían de la limosna, y el voto de pobreza, al que estaban adscritas, dirigía sus actividades comunales. Rebolledo con su visión apicarada del mundo hace referencia a los «arreglos» ilegales de ciertos *comisarios* fáciles a la corrupción, que al recibir dinero del ayuntamiento de un lugar, hacían que la tropa continuara la marcha, evitando de esa forma el alojamiento forzoso de los soldados en las casas del vecindario. La orden de marchar era para estos comisarios muy lucrativa, mientras que para los soldados significaba la privación del descanso y la comida.

[38] *Zalamea* de la Serena es una villa de más de 9.000 habitantes, reputada por el campanario de su iglesia y por las ruinas romanas. Está situada al sureste de Badajoz.

por diligencia o por ruego,
que ha de ser sin mí la ida;
pues no, con desembarazo,
será el primer tornillazo
que habré yo dado en mi vida.

SOLDADO 1.º Tampoco será el primero,
que haya la vida costado
a un miserable soldado;
y más hoy, si considero,
que es el cabo de esta gente
don Lope de Figueroa,
que, si tiene tanta loa
de animoso y de valiente,
la tiene también de ser
el hombre más desalmado,
jurador y renegado
del mundo, y que sabe hacer
justicia del más amigo,
sin fulminar el proceso.

REBOLLEDO ¿Ven ustedes todo eso?,
pues yo haré lo que yo digo.

---

43 *tornillazo.* Voz de germanía. Fuga o deserción del soldado.

50 *don Lope de Figueroa.* Don Lope de Figueroa es un personaje histórico, que ha pasado a ser una figura del teatro nacional, reconocido por la bravura, el mal genio y el agudo sentido de justicia. Nació en Valladolid hacia 1520 y murió en 1595. Fue Maestre de campo de los Tercios bajo las órdenes del duque de Alba en Flandes. Estuvo con don Juan de Austria en la guerra civil de Granada, y combatió bajo las órdenes de Álvaro de Bazán en la batalla de Lepanto, en la que se distinguió por su coraje y denuedo. Participó en la pacificación de Portugal con motivo de la adhesión de este reino a la corona española. No se conocen, empero, documentos que prueben la visita del famoso militar a Zalamea de la Serena. Lope de Vega (*El asalto de Mastrique*), Vélez de Guevara (*El cerco del Peñón, El águila del agua*) y Calderón de la Barca (*El alcalde de Zalamea, Amar después de la muerte)* lo han tratado literariamente con dignidad.

55 *renegado.* Sentido figurado. Persona de condición áspera y maldiciente.

58 *fulminar el proceso.* Preparar y afirmar con autoridades el proceso hasta ponerlo listo para la sentencia.

SOLDADO 2.º	¿De eso un soldado blasona?
REBOLLEDO	Por mí muy poco me inquieta;
	sino por esa pobreta,
	que viene tras la persona.
«CHISPA»	Seor Rebolledo, por mí 65
	vuecé no se aflija, no;
	que bien se sabe que yo
	barbada el alma nací;
	y ese temor me deshonra,
	pues no vengo yo a servir 70
	menos, que para sufrir
	trabajos con mucha honra;
	que para estarme, en rigor,
	regalada, no dejara
	en mi vida, cosa es clara, 75
	la casa del regidor,
	donde todo sobra, pues
	al mes mil regalos vienen;
	que hay regidores, que tienen
	menos regla con el mes; 80

---

[65] *Seor.* Por señor. Síncopa popular del sonido nasal palatal sonoro. *Rebolledo.* Nombre rústico. En sentido estricto significa sitio poblado de un tipo de árboles. Puede hacer alusión a la alta estatura del personaje y a su reciedumbre.

[66] *vuecé.* Síncopa, por vuesa merced. Forma popular en el siglo XVII, atestiguada en la literatura en boca de criados y bravucones.

[68] *barbada el alma nací.* Construcción de acusativo griego, utilizada por Góngora y los gongorinos. Se pone como complemento directo del participio pasado (barbada) un sustantivo (alma), que designa una parte del ser al que se refiere el participio. «Tener el alma barbada» quiere decir tener coraje, valentía.

[71] *que.* En el sentido adversativo de sino.

[76] *regidor.* Persona encargada del gobierno económico de una ciudad, villa o lugar.

[80] *menos regla con el mes.* Juego de palabras que manifiesta el sexo del personaje, basado en la dilogía de *regla* con el sentido de menstruación de la hembra y el de moderación o templanza. La manera de hablar de la Chispa está de acuerdo con el descaro y desvergüenza propios de una soldadera.

	y pues a venir aquí	
	a marchar y perecer	
	con Rebolledo, sin ser	
	postema, me resolví,	
	por mí ¿en qué duda o repara?	85

REBOLLEDO   ¡Viven los cielos, que eres
                          corona de las mujeres!

SOLDADO 2.º   Aquesa es verdad bien clara.
                          ¡Viva la Chispa!

REBOLLEDO   ¡Reviva!
                          Y más, si, por divertir   90
                          esta fatiga de ir
                          cuesta abajo y cuesta arriba,
                          con su voz al aire inquieta
                          una jácara o canción.

«CHISPA»   Responda a esa petición   95
                          citada la casteñeta.

REBOLLEDO   Y yo ayudaré también.
                          Sentencien los camaradas
                          todas las partes citadas.

SOLDADO 1.º   ¡Vive Dios, que han dicho bien! 100

Cantan REBOLLEDO *y la* «CHISPA».

---

82 *y perecer*. Alusión a la vida de privaciones del soldado.

84 *postema*. Persona pesada o molesta.

89 *la Chispa*. El apodo de este personaje, con el que se le conoce a lo largo de la obra, indica la vivacidad, el ingenio, el desparpajo y probablemente, además, la corta estatura de su figura, así como la tendencia a emborracharse. Vélez de Guevara lo utiliza como nombre de un personaje del hampa en *El diablo cojuelo*. Aparece también en la *jácara entremesada* de la Pulga y la Chispa.

94 *jácara*. Es un romance o cantar popular de vida airada con el uso de la lengua de germanía, cuyo tema eran los jaques o rufianes y sus amoríos y andanzas. La Chispa canta dos jácaras; una en el acto primero (vv. 101-112) en colaboración con Rebolledo, y otra, en el segundo (vv. 1321-1326 y 1329-1338), interrumpida brevemente por el soldado apicarado.

«Chispa»	«Yo soy tiritiritaina,
	flor de la jacarandana.
Rebolledo	Yo soy tiritiritina,
	flor de la jacarandina.
«Chispa»	Vaya a la guerra el alférez, 105
	y embárquese el capitán.
Rebolledo	Mate moros quien quisiere;
	que a mí no me han hecho mal.
«Chispa»	Vaya y venga la tabla al horno,
	y a mí no me falte pan. 110
Rebolledo	Huéspeda, máteme una gallina;
	qu el carnero me hace mal».
Soldado 1.º	Aguarda; que ya me pesa
	—que íbamos entretenidos
	en nuestros mismos oídos—, 115
	caballeros, de ver esa
	torre, pues es necesario,
	que donde paremos sea.
Rebolledo	¿Es aquélla Zalamea?
«Chispa»	Dígalo su campanario. 120
	No sienta tanto vusté,
	que cese el canticio ya;
	mil ocasiones habrá

102-104 *jacarandana, jacarandina.* Rufianesca o junta de rufianes y ladrones.

101-112 *«Yo soy... hace mal.»* Esta jácara manifiesta la vida irresponsable de un sector de la tropa que no quiere obligaciones, y cuya sola preocupación es comer bien en el lugar en donde se alojen. Termina con una nota desenfadada e irónica que indica que la huéspeda prepare un ave fina, porque el carnero, por la dureza, no sienta bien. Puede también maliciosamente, pero con humor, hacer referencia al símbolo de los cuernos del carnero.

121 *vusté.* En el siglo XVII alternaron las formas populares *voacé, vuecé, vucé, vusté, ucé,* que corresponden con la forma moderna de usted.

122 *canticio.* Forma popular por cántico.

en que lograrlo; porque
esto me divierte tanto,   125
que como de otras no ignoran,
que a cada cosica lloran,
yo a cada cosica canto,
y oirá ucé jácaras ciento.

REBOLLEDO   Hagamos aquí alto, pues   130
justo, hasta que venga, es,
con la orden el sargento,
por si hemos de entrar marchando
o en tropas.

SOLDADO 2.º   Él solo es quien
llega ahora. Mas también   135
el capitán esperando
está.

Salen DON ÁLVARO *y el* SARGENTO.

DON ÁLVARO   Señores soldados,
albricias puedo pedir;
de aquí no hemos de salir,
y hemos de estar alojados,   140
hasta que don Lope venga
con la gente, que quedó

---

[124] *lograrlo.* El leísmo en los acusativos de cosa, complemento
directo, es usual en el siglo XVII. En el original se dice *logralle*
con la palatalización popular de las dos líquidas. El pronombre
le se refiere a *canticio* y es complemento directo del verbo *lograr.*
Se ha modernizado el texto colocando la forma gramaticalmente
correcta *(lograrlo).* El verbo *lograr* significa aquí gozar. La vaci-
lación leísta y laísta, abundante en Calderón, es típica del español clásico y manifiesta un período lingüístico todavía inseguro
en ciertas expresiones y formas.
[129] *ucé.* Véase la nota al v. 121.
[131-132] *justo... el sargento.* Se trata de un claro ejemplo de transposición. Por «es justo hasta que venga el sargento con la orden».
Es difícil, empero, determinar hasta qué punto el poeta altera
el orden de las palabras, según un gusto poético o lo hace por
exigencias de la construcción del verso y de la rima.

	en Llerena; que hoy llegó	
	orden de que se prevenga	
	toda, y no salga de aquí	145
	a Guadalupe, hasta que	
	junto todo el tercio esté,	
	y él vendrá luego; y así	
	del cansancio bien podrán	
	descansar algunos días.	150

REBOLLEDO   Albricias pedir podías.

TODOS   ¡Vítor nuestro capitán!

DON ÁLVARO   Ya está hecho el alojamiento.
                 El comisario irá dando
                 boletas, como llegando   155
                 fueren.

«CHISPA»   Hoy saber intento,
                 por qué dijo, voto a tal,

---

[143] *Llerena.* Población cercana a Zalamea, situada al sur de ésta.

[146] *Guadalupe.* Famoso monasterio de claustro mudéjar, en el que se venera una imagen de la Virgen desde el siglo XIII, y que está situado en la provincia de Cáceres. Fue antiguamente un priorato secular, que en 1389 se puso bajo la dirección de los jerónimos, teniendo señalada influencia en los siglos XV, XVI y XVII. La iglesia del monasterio ha obtenido los privilegios de basílica y ha pasado a estar regida por la orden franciscana. Felipe II se hospedó en él durante la Semana Santa de 1580 de paso a Portugal. Aunque Calderón no sigue un itinerario histórico es conveniente recordar los acontecimientos verídicos que guardan una relación con la pieza dramática.

[147] *tercio.* Agrupamiento militar de fuerzas de choque, equivalente a un batallón. Estaba compuesto por un número de banderas o compañías, normalmente alrededor de doce.

[151] *podías.* En AZCA dice *podáis.* Errata de imprenta. La rima en consonante de la redondilla manifiesta que la forma original es *podías.*

[155] *boletas.* Los villanos estaban obligados a dar alojamiento a los soldados de paso. Este gravamen recibía el nombre de «cargo de aposento». El comisario o un sargento en su nombre distribuía comúnmente las boletas en las que se designaba el lugar al que estaban remitidos para hospedarse.

aquella jacarandina:
«*Huéspeda, máteme una gallina;*
que el carnero me hace mal.»   160

Vanse todos, y quedan el CAPITÁN *y el* SARGENTO.

DON ÁLVARO   Señor sargento, ¿ha guardado
las boletas para mí,
que me tocan?

SARGENTO   Señor, sí.

DON ÁLVARO   Y ¿dónde estoy alojado?

SARGENTO   En la casa de un villano,   165
que el hombre más rico es
del lugar, de quien después
he oído, que es el más vano
hombre del mundo, y que tiene
más pompa y más presunción,   170
que un infante de León.

DON ÁLVARO   Bien a un villano conviene
rico aquesa vanidad.

SARGENTO   Dicen, que esta es la mejor
casa del lugar, señor;   175
y si va a decir verdad,
yo la escogí para ti,
no tanto porque lo sea,

165-171 *En la casa... un infante de León.* Calderón indica con
pericia artística la falla de su personaje principal, idiosincrasia
pasada por alto normalmente por los comentaristas. La vanidad
del ricachón es proverbial en el lugar y se la compara, en forma
hiperbólica, con aquel orgullo legendario de la familia real leo-
nesa, cuyo exagerado protocolo corría en refranes y cantares. La
nobleza de León constituyó la aristocracia castellana de más abolengo y era reconocida la vanidad de esta casa real.
166 *que el hombre más rico es.* Hipérbaton. El labrador rico
fue ya un tipo social determinado e influyente en el último tercio del siglo XVI.
172-173 *Bien a un villano... vanidad.* Transposición.

	como porque en Zalamea	
	no hay tan bella mujer...	
DON ÁLVARO	Di	180
SARGENTO	como una hija suya.	

DON ÁLVARO

                       Pues
¿por muy hermosa y muy vana
será más que una villana
con malas manos y pies?

SARGENTO

¡Que haya en el mundo quién
                       [diga   185
eso!

DON ÁLVARO

            ¿Pues no, mentecato?

SARGENTO

¿Hay más bien gastado rato
—a quien amor no le obliga,
sino ociosidad no más—
que el de una villana, y ver,   190
que no acierta a responder
a propósito jamás?

DON ÁLVARO

Cosa es que en toda mi vida,
ni aun de paso, me agradó;
porque en no mirando yo   195
aseada y bien prendida
una mujer, me parece
que no es mujer para mí.

SARGENTO

Pues para mí, señor, sí,
cualquiera que se me ofrece.   200
Vamos allá; que por Dios,
que me pienso entretener
con ella.

---

[180] y ss. Don Álvaro no puede concebir, dados sus prejuicios de clase social, el hecho que una labradora pueda ser discreta, aseada y hermosa. La actitud desdeñosa del capitán contrastará con el desarrollo de la pasión por la moza.

DON ÁLVARO	Quieres saber
	¿cuál dice bien de los dos?
	El que una belleza adora, 205
	dijo, viendo a la que amó:
	«Aquella es mi dama»; y no:
	«Aquella es mi labradora.»
	Luego si dama se llama
	la que se ama, claro es ya, 210
	que en una villana está
	vendido el nombre de dama.
	Mas ¿qué ruido es ese?

DON ÁLVARO

Quieres saber
¿cuál dice bien de los dos?
El que una belleza adora,　　205
dijo, viendo a la que amó:
«Aquella es mi dama»; y no:
«Aquella es mi labradora.»
Luego si dama se llama
la que se ama, claro es ya,　　210
que en una villana está
vendido el nombre de dama.
Mas ¿qué ruido es ese?

SARGENTO

　　　　　　　　　Un hombre,
que de un flaco rocinante
a la vuelta de esa esquina　　215
se apeó, y en rostro y talle
parece aquel Don Quijote,
de quien Miguel de Cervantes
escribió las aventuras.

DON ÁLVARO

¡Qué figura tan notable!　　220

SARGENTO

Vamos, señor; que ya es hora.

DON ÁLVARO

Lléveme el sargento antes
a la posada la ropa,
y vuelva luego a avisarme.

　　　　　　　　　　　Vanse.

Salen DON MENDO, *hidalgo de figura* *, *y un criado.*

DON MENDO

¿Cómo va el rucio?

---

²¹³⁻²¹⁹ *Un hombre... las aventuras.* Las alusiones a la obra cervantina son usuales en el teatro de la primera época de Calderón. En este pasaje se incurre en un anacronismo, pues la acción del drama se sitúa en el verano de 1580 y la primera parte de *El ingenioso caballero don Quijote de la Mancha* no vio la luz hasta 1605.

* *de figura.* Se llamaba irónicamente *figura* «al hombre entonado que afectaba gravedad en sus acciones y palabras»; normalmente «feo, ridículo y de mala traza». Véase el *Diccionario de Autoridades.*

NUÑO	Rodado, 225
	pues no puede menearse.
DON MENDO	¿Dijiste al lacayo, di,
	que un rato le pasease?
NUÑO	¡Qué lindo pienso!
DON MENDO	No hay cosa,
	que tanto a un bruto descanse. 230
NUÑO	Aténgome a la cebada.
DON MENDO	¿Y que a los galgos no aten,
	dijiste?
NUÑO	Ellos se holgarán,
	mas no el carnicero.
DON MENDO	Baste;
	y pues que han dado las tres, 235
	cálzome palillo y guantes.

---

²²⁵⁻²²⁶ *Rodado, pues no puede menearse.* Don Mendo pregunta por su caballo, símbolo de hidalguía e importancia, a lo que Nuño responde con una verdad evidente que por ello ya es cómica, y dice *rodado,* ya que la cabalgadura de su amo tiene manchas redondas más oscuras que su pelo; pero el ingenio irónico del gracioso apunta a otro sentido de la palabra, o sea, al de caído, y para que no haya duda de ello añade: *pues no puede menearse.*

²²⁷⁻²²⁹ *¿Dijiste... pienso.* Don Mendo no quiere darse por entendido de las bromas de su criado y continúa el diálogo con una pregunta absurda por su falta de sinceridad, dada la pobreza en que vive («¿Dijiste al lacayo, di, que un rato le pesease?»). Nuño observa vivamente la substitución que se ha hecho indirectamente al sentido de sus palabras, y vuelve a recalcar la anomalía del caso («¡Qué lindo pienso!»). La conversación de amo y criado es muy graciosa, y expresa el tema del hambre en los hidalgos empobrecidos, puesto de moda en la literatura por el célebre tratado tercero del *Lazarillo de Tormes.*

²³⁶ *cálzome palillo y guantes.* Fue costumbre de los presumidos y mequetrefes el *calzar palillo* en sus sombreros o en los intersticios de una cadena que usualmente se llevaba colgada del cuello para hacer ostentación de buen comer.

NUÑO	¿Si te prenden el palillo
	por palillo falso?
DON MENDO	Si alguien,
	que no he comido un faisán,
	dentro de sí imaginare,	240
	que allá dentro de sí miente,
	aquí y en cualquiera parte
	lo sustentaré.
NUÑO	¿Mejor
	no sería sustentarme
	a mí, que al otro, que en fin	245
	te sirvo?
DON MENDO	¡Qué necedades!
	En efecto ¿que han entrado
	soldados aquesta tarde
	en el pueblo?
NUÑO	Sí, señor.
DON MENDO	Lástima da el villanaje	250
	con los huéspedes que espera.
NUÑO	Más lástima da y más grande
	con los que no espera...
DON MENDO	¿Quién?
NUÑO	La hidalguez, y no te espante;
	que, si no alojan, señor,	255
	en cas de hidalgos a nadie,
	¿por qué piensas que es?
DON MENDO	¿Por qué?
NUÑO	Porque no se mueran de hambre.

---

²⁴³ *lo*. En AZCA dice *le*. Caso parejo al explicado en la nota al v. 124.

²⁴³⁻²⁴⁴ *sustentaré-sustentarme*. Dilogía basada en el valor bisemio del verbo sustentar (mantener y defender por medio de un desafío una opinión-alimentar a una persona).

²⁵⁶ *cas*. Apócope popular, por casa.

DON MENDO	En buen descanso esté el alma
	de mi buen señor y padre, 260
	pues en fin me dejó una
	ejecutoria tan grande,
	pintada de oro y azul,
	exención de mi linaje.
NUÑO	Tomáramos que dejara 265
	un poco del oro aparte.
DON MENDO	Aunque, si reparo en ello,
	y si va a decir verdades,
	no tengo que agradecerle
	de que hidalgo me engendrase; 270
	porque yo no me dejara
	engendrar, aunque él porfiase,
	sino fuera de un hidalgo,
	en el vientre de mi madre.
NUÑO	Fuera de saber difícil. 275
DON MENDO	No fuera, sino muy fácil.
NUÑO	¿Cómo, señor?
DON MENDO	Tú en efecto
	filosofía no sabes,
	y así ignoras los principios.
NUÑO	Sí, mi señor, y aun los antes 280

---

[262] *ejecutoria.* Carta de hidalguía obtenida por litigación o procesos legales. A diferencia de la que lo era por privilegio. En ambos casos eximía de los gravámenes de pechar.

[264] *exención.* En AZCA dice «exempción», forma arcaica.

[267-274] *Aunque... mi madre.* Este parlamento revela la idiosincrasia esperpéntica de este curioso personaje, que, por sus palabras hiperbólicas que bordean el absurdo, constituye, en tono menor, una figura prevalleinclanesca.

[279] *Los principios.* Recibían el nombre de principios elementales en la filosofía escolástica los constitutivos primarios en la composición de los entes. Nuño elaborará una dilogía con el otro semantema de la palabra o sea *principios* de una comida Probablemente se refiere al plato que comúnmente se servía antes del cocido.

	y postres, desde que como	
	contigo; y es, que al instante	
	mesa divina es tu mesa,	
	sin medios, postres ni antes.	
DON MENDO	Yo no digo esos principios.	285
	Has de saber, que el que nace	
	sustancia es del alimento,	
	que antes comieron sus padres...	
NUÑO	¿Luego tus padres comieron?	
	Esa maña no heredaste.	290
DON MENDO	Esto después se convierte	
	en su propia carne y sangre;	
	luego si hubiera comido	
	el mío cebolla, al instante	
	me hubiera dado el olor,	295
	y hubiera dicho yo: «Tate,	
	que no me está bien hacerme	
	de excremento semejante.»	
NUÑO	Ahora digo, que es verdad.	
DON MENDO	¿Qué?	
NUÑO	Que adelgaza la hambre	300
	los ingenios.	
DON MENDO	Majadero,	
	¿téngola yo?	
NUÑO	No te enfades;	
	que, si no la tienes, puedes	
	tenerla; pues de la tarde	
	son ya las tres, y no hay greda,	305

---

[283] *mesa divina.* Parece referirse al altar.
[296] *Tate.* Interjección arcaica con la que se advierte que no se prosiga lo comenzado. Equivale a cuidado o poco a poco.
[305] *greda.* Nuño se refiere a las especiales propiedades que se atribuían a la saliva según tradición antigua, especialmente a la segregada durante período de ayuno, semejantes a las de la greda.

	que mejor las manchas saque, que tu saliva y la mía.	
DON MENDO	Pues ¿esa es causa bastante para tener hambre yo? Tengan hambre los gañanes;	310
	que no somos todos unos; que a un hidalgo no le hace falta el comer...	
NUÑO	¡Oh, quién fuera hidalgo!	
DON MENDO	Y más no me hables de esto, pues ya de Isabel vamos entrando en la calle.	315
NUÑO	¿Por qué, si de Isabel eres tan firme y rendido amante, a su padre no la pides?	
	Pues con esto tú y su padre remediaréis de una vez entrambas necesidades;	320
	tú comerás, y él hará hidalgos sus nietos.	
DON MENDO	No hables más Nuño, calla. ¿Dineros tanto habían de postrarme,	325
	que a un hombre llano por fuerza había de admitir?	
NUÑO	Pues antes pensé, que ser hombre llano para suegro era importante;	330

---

³²⁵ *más Nuño, calla. ¿Dineros.* Este verso es corto en la edición príncipe («más, calla. Dineros»). Probablemente esta reconstrucción del mismo refleja la forma original.

³²⁷ *hombre llano.* Obligado a pagar tributo. Pechero. Además, aquí, Nuño juega con el sentido de llano, o sea, sin hoyos en los que se pueda tropezar, aludiendo a los varones que ayudaban a sus hijas a casarse por fuerza mayor.

	pues de otros dicen, que son	
	tropezones, en que caen	
	los yernos; y si no has	
	de casarte, ¿por qué haces	
	tantos extremos de amor?	335
Don Mendo	¿Pues no hay, sin que yo me case,	
	Huelgas en Burgos, adonde	
	llevarla, cuando me enfade?	
	Mira, si acaso la ves.	
Nuño	Temo si acierta a mirarme	340
	Pero Crespo.	
Don Mendo	¿Qué ha de hacer,	
	siendo mi crïado, nadie?	
	Haz lo que manda tu amo.	
Nuño	Sí haré, aunque no he de sentarme	
	con él a la mesa.	
Don Mendo	Es propio	345
	de los que sirven, refranes.	

---

[337] *Huelgas.* Se refiere al Real Monasterio cisterciense de religiosas, Santa María de las Huelgas, de Burgos, fundado por Alfonso VIII hacia 1181 y aprobado y consagrado por Clemente III en 1187. Está dirigido por una abadesa, y fue favorecido con singulares privilegios y amplia jurisdicción. Don Mendo expresa aquí, en forma estrafalaria y ridícula, de acuerdo con su caracterización, la intención deshonesta de sus amores. Corteja a Isabel y la quiere como amante, para enviarla luego a un convento, cuando haya satisfecho sus apetitos. El hecho de que mencione las Huelgas es la clave del pasaje cómico, basada en la hipérbole, puesto que a esa institución sólo iban damas aristocráticas y de alta alcurnia con sólidas dotaciones. Además el texto apunta a una ironía trágica, pues Isabel, deshonrada por el capitán, terminará sus días en un convento. El tratamiento en forma cómica de una acción grave es propio del arte dramático de Calderón.

[341] *Pero.* Forma popular sincopada con caída de la dental; por Pedro. El nombre de Pedro Crespo correspondía con la tradición folklórica de un tipo rústico. Mateo Alemán, en el primer capítulo del *Guzmán de Alfarache,* se refiere a un Pedro Crespo, alcalde de pueblo, que podía «traer a los oidores de la oreja».

[344-345] *aunque no he de sentarme con él a la mesa.* Una forma

71

NUÑO   Albricias que, con su prima
               Inés, a la reja sale.

DON MENDO   Di que por el bello oriente,
               coronado de diamantes,   350
               hoy, repitiéndose el sol,
               amanece por la tarde.

Salen a la ventana ISABEL *e* INÉS, *labradoras.*

INÉS   Asómate a esa ventana,
               prima, así el cielo te guarde,
               verás los soldados, que entran   355
               en el lugar.

ISABEL   No me mandes,
               que a la ventana me ponga,
               estando ese hombre en la calle,
               Inés, pues ya, en cuánto el verle
               en ella me ofende, sabes.   360

INÉS   En notable tema ha dado
               de servirte y festejarte.

ISABEL   No soy más dichosa yo.

---

cómica es la de dar un giro nuevo a un refrán conocido. El
proverbio en cuestión al que se le ha dado una variante de
acuerdo con la situación de pobreza de don Mendo y Nuño es:
«Haz lo que tu amo te manda y sentarte has con él a la mesa»,
el cual expresa las condiciones del buen servidor. Véase: *Vocabulario de refranes y frases proverbiales,* de Gonzalo Correas.

[349-352] *Di... tarde.* En estos versos, don Mendo compara, según la tradición del amor cortés divulgada por la escuela del
«dolce stil nuovo», a su dama con el sol. Lo hace en forma afec-
tada, exagerando con artificio la fórmula caballeresca tantas veces
utilizada en las *comedias.* La intención ridícula del parlamento es
evidente al pronunciarse por este personaje *de figura.* (Véase la
nota a la acotación cuando aparece en escena por vez primera).
Calderón utiliza también un procedimiento de ridiculización por
énfasis y artificiosidad en algún parlamento de don Hipólito a
doña Ana en *Mañanas de abril y mayo.*

[359-360] *pues ya, en cuánto el verle en ella me ofende, sabes.*
Caso de hipérbaton por «pues ya sabes en cuánto me ofende el
verle».

INÉS	A mi parecer, mal haces
	de hacer sentimiento de esto. 365
ISABEL	Pues ¿qué había de hacer?
INÉS	Donaire.
ISABEL	¿Donaire de los disgustos?
DON MENDO	Hasta aqueste mismo instante,
	[*a* ISABEL]
	jurara yo a fe de hidalgo,
	—que es juramento inviolable— 370
	que no había amanecido;
	mas ¿qué mucho que lo extrañe,
	hasta que a vuestras auroras
	segundo día les sale?
ISABEL	Ya os he dicho muchas veces, 375
	señor Mendo, cuán en balde
	gastáis finezas de amor,
	locos extremos de amante
	haciendo todos los días
	en mi casa y en mi calle. 380
DON MENDO	Si las mujeres hermosas
	supieran, cuanto las hace
	más hermosas el enojo,
	el rigor, desdén y ultraje,
	en su vida gastarían 385
	más afeite, que enojarse.
	Hermosa estáis, por mi vida;
	decid, decid más pesares.
ISABEL	Cuando no baste el decirlos,
	don Mendo, el hacerlos baste 390
	de aquesta manera: «Inés,

---

[368] *aqueste.* Forma arcaica del adjetivo demostrativo por este.

[381-388] La desairada postura de don Mendo puede compararse con la de don Luis en algunos diálogos que este caballero mantiene con doña Beatriz en *La dama duende.*

[391] *aquesta.* Por esta. Véase la nota de v. 368.

éntrate allá dentro, y dale
con la ventana en los ojos.»

Vase.

INÉS Señor caballero andante,
que de aventurero entráis   395
siempre en lides semejantes,
porque de mantenedor
no era para vos tan fácil,
amor os provea.

Vase.

DON MENDO   Inés,
las hermosuras se salen   400
con cuanto ellas quieren. — ¡Nuño!

NUÑO ¡Oh qué desairados nacen
todos los pobres!

Sale PEDRO CRESPO, *labrador.*

PEDRO CRESPO   (¡Que nunca
                                        [*aparte*]
entre y salga yo en mi calle,
que no vea a este hidalgote   405
pasearse en ella muy grave!)

---

394 *caballero andante.* Inés también hace alusión a la apariencia de don Mendo, semejante en lo estrafalaria a la de Don
Quijote. Ironía.

397 *mantenedor.* Inés juega con la bisemia de *mantenedor,* es
decir, con el sentido corriente «del que mantiene», y aquel otro
arcaico de «mantener una justa o torneo». Es, por tanto, otro
caso de dilogía.

403 y ss. Calderón desarrolla aquí una situación dramática en
forma barroca. El encuentro de don Mendo con los Crespo co-
rrobora el enojo que causa su presencia en la calle de la hermosa
labradora. Don Mendo rehuye el encuentro con los familiares de
la hermosa muchacha, porque sus intenciones no son honestas.
Calderón duplica con dos situaciones paralelas, pero no idénti-
cas, la incomodidad de don Mendo y el desagrado de los Crespo. En una dirección, don Mendo va ir a encontrarse con el padre; al tratar de evitarle, y tomar la opuesta, va a irse a topar
con Juan; finalmente, sigue el camino primero. Al pasar, ambos
Crespo disimulan sus reacciones. Este juego de cambios en el iti-

NUÑO	Pedro Crespo viene aquí.
DON MENDO	Vamos por esta otra parte, que es villano malicioso.

Sale JUAN, *su hijo.*

JUAN	(¡Que siempre que venga halle 410 [*aparte*] esta fantasma a mi puerta, calzado de frente y guantes!)
NUÑO	Pero acá viene su hijo.
DON MENDO	No te turbes ni embaraces.
PEDRO CRESPO	Mas Juanico viene aquí. 415
JUAN	Pero aquí viene mi padre.
DON MENDO	Disimula. —Pedro Crespo, Dios os guarde.
PEDRO CRESPO	Dios os guarde.

Vanse DON MENDO *y* NUÑO.

	(Él ha dado en porfiar, [*aparte*] y alguna vez he de darle 420 de manera que le duela.)
JUAN	(Algún día he de enojarme.) [*aparte*] ¿De adónde bueno, señor?

---

nerario, suscitado por la situación e intención del personaje cómico, da eficacia al mensaje que se intenta presentar al público, o sea la mala fe del *hidalgote* y la suspicacia y enfado de los villanos, celosos de su honor. Los apartes en los que se explayan las emociones de los labradores apuntan a una posible venganza. La fórmula artística obtiene mayor fuerza y profundidad mediante el paralelismo de variantes.

411 *esta fantasma.* Este es un substantivo ambiguo, cuya forma femenina es de uso popular, frente a la culta, que es masculina por razones etimológicas.

413-418 *Pero acá... Dios os guarde.* Estimocicias.

PEDRO CRESPO

De las eras; que esta tarde
salí a mirar la labranza,   425
y están las parvas notables
de manojos y montones,
que parecen al mirarse
desde lejos montes de oro,
y aun oro de más quilates,   430
pues de los granos de aqueste,
es todo el cielo el contraste.
Allí el bieldo, hiriendo a soplos
el viento en ellos süave,
deja en esta parte el grano,   435
y la paja en la otra parte;
que aun allí lo más humilde
da el lugar a lo más grave.
¡Oh quiera Dios, que en las trojes
yo llegue a encerrarlo, antes   440
que algún turbión me lo lleve
o algún viento me lo tale!
Tú, ¿qué has hecho?

[424-442] *De las eras... me lo tale.* Calderón recurre aquí al decoro. Pedro Crespo habla de las faenas del campo como conviene a su trabajo de labrador. No deja de haber una retórica, pero ésta se manipula hábilmente. Se observa la economía y precisión del vocabulario si se compara este pasaje con aquel otro de Peribáñez, a comienzos de la obra de Lope, en el que el protagonista se refiere a los olivares, las camuesas y las cepas, y las compara en valor con la belleza de Casilda. Lope de Vega es amplio, imaginativo, desbordado; Calderón, en cambio, sucinto, intelectivo, armonioso por el gobierno de su verso. La queja final (¡Oh quiera Dios...) expresa un presentimiento de desgracias en una forma prerromántica. Pide Pedro Crespo que la miés pueda guardarla en las trojes, antes que algún turbión se la lleve o la tale. Pedro Crespo hace mención de ese temor, después de ver que rondan a su hija y la inferencia es evidente, puesto que puede ser una metáfora aplicada al porvenir de su hija, madura ya para el casamiento, pero cuya belleza puede atraer antes de fundar familia un viento erótico destructor.

[431] *aqueste.* Véase la nota a los vv. 368 y 391.

[432] *contraste.* Oficina de contraste en la que se pesaba el oro y la plata para establecer su valor.

[443] y ss. *Tú, ¿que has hecho?...* Estos versos manifiestan las dos personalidades tan diferentes de padre e hijo. Pedro Crespo

JUAN	No sé cómo
	decirlo, sin enojarte.
	A la pelota he jugado 445
	dos partidos esta tarde,
	y entrambos los he perdido.
PEDRO CRESPO	Haces bien, si los pagaste.
JUAN	No los pagué; que no tuve
	dineros para ellos; antes 450
	vengo a pedirte, señor...
PEDRO CRESPO	Pues escucha antes de hablarme:
	dos cosas no has de hacer nunca,
	no ofrecer lo que no sabes
	que has de cumplir, ni jugar 455
	más de lo que está delante,
	porque, si por accidente
	falta, tu opinión no falte.
JUAN	El consejo es como tuyo,
	y por tal debo estimarle; 460

es el hombre sesudo, avezado por la experiencia, y con un gran aprecio por la dignidad en las relaciones humanas. Juan es el muchacho inexperto, apasionado, con grandes esperanzas para el futuro, que cae con facilidad e irreflexión en el torbellino de los acontecimientos diarios. Calderón coloca a los dos personajes en una tradición literaria que presenta a un padre o a un tutor dando consejos a un joven vástago. Se inicia aquí la relación consejero-aprendiz. En el pasaje Pedro le explica a su hijo que no se debe jugar, sino se tiene dinero para pagar lo que se pierda. La situación dramática de contraste (experto-inexperto) se continúa al final del acto segundo en la notable escena de la despedida y los consejos (véanse los vv. 1576-1641). Los vv. 459-464 dan una sorpresa ingeniosa al contestar Juan con una máxima como réplica. «Dadme dineros y no consejo», refrán incluido en el *Diccionario de Refranes, adagios, proverbios,* de José M.ª Sbarbi, Madrid, 1922.

445 *pelota.* El juego de pelota consistía en un ejercicio de diversión, especialmente usado por la clase media adinerada. Se jugaba con palas de madera enherbadas o aforradas con pergamino, con las que se arrojaba la pelota.

448 *si los pagaste.* El texto de AZCA está corrupto («si *lo* pagaste»).

	y he de pagarte con otro:	
	en tu vida no has de darle	
	consejo al que ha menester	
	dinero.	

PEDRO CRESPO   ¡Bien te vengaste!

Sale el SARGENTO.

SARGENTO   ¿Vive Pedro Crespo aquí?   465

PEDRO CRESPO   ¿Hay algo que usté le mande?

SARGENTO   Traer a casa la ropa
                de don Álvaro de Atayde,
                que es el capitán de aquesta
                compañía, que esta tarde   470
                se ha alojado en Zalamea.

PEDRO CRESPO   No digáis más, esto baste;
                que para servir al Rey,
                y al Rey en sus capitanes,
                están mi casa y mi hacienda.   475
                Y en tanto, que se le hace
                el aposento, dejad
                la ropa en aquella parte,
                e id a decirle que venga,
                cuando su merced mandare,   480
                a que se sirva de todo.

SARGENTO   Él vendrá luego al instante.
                                        Vase.

JUAN   ¡Que quieras, siendo tú rico,
                vivir a estos hospedajes
                sujeto!

PEDRO CRESPO   Pues ¿cómo puedo   485

---

⁴⁶⁶ *usté.* Forma apocopada popular con pérdida de la dental sonora.

⁴⁷³⁻⁴⁷⁴ *al Rey, y al Rey.* Anadiplosis. Figura retórica recomendada por Lope de Vega en el *Arte nuevo* (v. 314).

	excusarlos ni excusarme?
Juan	Comprando una ejecutoria.

Pedro Crespo	Dime por tu vida, ¿hay alguien

     que no sepa, que yo soy,

     si bien de limpio linaje,   490

     hombre llano? No por cierto.

     Pues ¿qué gano yo en comprarle

     una ejecutoria al Rey,

     si no le compro la sangre?

     ¿Dirán entonces, que soy   495

     mejor que ahora? No, es dislate.

     Pues ¿qué dirán? Que soy noble

     por cinco o seis mil reales;

     y esto es dinero y no es honra;

     que honra no la compra nadie. 500

     ¿Quieres, aunque sea trivial,

     un ejemplillo escucharme?

---

487 *ejecutoria.* Véase la nota al v. 262.

491 *hombre llano.* Véase la nota al v. 327.

488-500 *Dime por tu vida... la compra nadie.* Pedro Crespo manifiesta su actitud en cuanto al honor. La vanidad le ciega hasta el punto de no querer remediar el gravamen de pechero comprando una ejecutoria de hidalguía. Su argumentación, empero, es razonable, pues se asienta en un sentimiento de honor esencial que se basa en las obras y en la verdad.

503-510 *«Es calvo... trae fulano.»* Ejemplillo que ilustra una actitud y que por ello contiene un mensaje. Normalmente este tipo de cuentecillos están introducidos por los «graciosos» y guardan una estrecha relación con los acontecimientos graves de la pieza. Recuérdese que Pedro Crespo, por su caracterización y decoro tiene rasgos cómicos. En este sentido, y salvadas las fundamentales diferencias, este personaje, basado en una tradición cómica —pues, como indica Joel E. Spingarn, la tradición clasicista exigía que las figuras de la comedia fueran personas humildes, ciudadanos ordinarios—, y al que se le han conferido además singulares características que elevan al ente literario a una categoría noble y trascendente dadas sus cualidades morales, es paralelo al Alceste, de la famosa pieza de Molière, *Le Misanthrope.* En ambos casos, los tratadistas de formación clasicista se encuentran con un verdadero problema al tener que enjuiciar a Crespo como un personaje trágico y a Alceste como un personaje cómico. Para la valoración del cuentecillo con relación al desarrollo de

«Es calvo un hombre mil años,
y al cabo de ellos se hace
una cabellera. Este,   505
en opiniones vulgares,
¿deja de ser calvo? No.
Pues ¿qué dicen al mirarle?
Bien puesta la cabellera
trae fulano.» Pues ¿qué hace,   510
si, aunque no le vean la calva,
todos que la tiene saben?

JUAN   Enmendar su vejación,
                remediarse de su parte,
                y redimir vejaciones   515
                del sol, del hielo y del aire.

PEDRO CRESPO   Yo no quiero honor postizo,
                que el defecto ha de dejarme
                en casa. Villanos fueron
                mis abuelos y mis padres;   520
                sean villanos mis hijos.
                Llama a tu hermana.

JUAN   Ella sale.

Salen ISABEL *e* INÉS.

PEDRO CRESPO   Hija, el Rey, nuestro señor,
                que el cielo mil años guarde,
                va a Lisboa, porque en ella   525
                solicita coronarse

---

la acción grave de la *comedia,* hay que tener en cuenta que
Pedro Crespo ilustra con él su repulsa del «honor postizo». Esta
actitud le conduce indirecta, pero firme, e irónicamente a la
pérdida de su honor.

513-515 *Vejación, vejaciones.* La derivación es una libertad poética de Calderón. A veces, como en este caso, es premiosa.

523-527 *Hija, el Rey... legítimo dueño.* Felipe llegó a Lisboa
el 27 de julio de 1581, después de una larga espera en Badajoz
y lento camino por tierras portuguesas. Como se dijo, la muerte
del cardenal-infante don Enrique, acaecida el 31 de enero de

como legítimo dueño;
a cuyo efecto, marciales
tropas caminan con tantos
aparatos militares   530
hasta bajar a Castilla
el tercio viejo de Flandes
con un don Lope, que dicen
todos que es español Marte.
Hoy han de venir a casa   535
soldados, y es importante,
que no te vean. Así, hija,
al punto has de retirarte
en esos desvanes, donde
yo vivía.

1580, planteó el problema de la sucesión de la corona portuguesa. Felipe II hizo valer sus derechos, como hijo de la reina
Isabel, hermana de Juan III de Portugal, y por su matrimonio
con María Manucla, hija de este monarca y de doña Catalina.
Las cortes de Tomar proclamaron rey a Felipe II en abril de
1581, pero para ello el rey español tuvo que esperar, antes de
tomar posesión, a que su ejército pacificara focos de rebelión
contra el proceso legal que le otorgaría la corona portuguesa.

528-534 *a cuyo efecto... español Marte.* El paso de las tropas
españolas por Extremadura es un dato histórico conocido. Calderón, empero, tergiversó los acontecimientos para obtener un mayor efectismo dramático. Colocó a don Lope de Figueroa, famoso capitán de Tercios, como uno de los maestres de campo, que
dirigió la marcha de los españoles hacia Portugal, y le hizo es-
pecíficamente cabo del regimiento al que pertenecía la compañía
de don Álvaro de Atayde, que se alojó brevemente en Zalamea.
Los historiadores indican que don Lope no pudo estar en esa
villa por aquellas fechas. El poeta se permite estos cambios e
improvisaciones, tanto del soldado famoso como del mismo Felipe II, para ofrecer color y eficacia dramática a los acontecimientos ocurridos en el rincón extremeño. Véanse las consideraciones
de Max Krenkel en el «Einleintung» (págs. 93 y ss.) de su edición de *El alcalde de Zalamea,* Leipzig, 1887, y el resumen de
éstas y las conclusiones de James Geddes en la «introduction»
(páginas IV-VI) a la suya, publicada en Boston, 1918.

534 *español Marte.* Por soldado y estratega famoso. Tropo.
535-540 *Hoy han de venir... yo vivía.* El hecho de que Pedro
Crespo esconda en el desván a su hija es producto de la cautela
del taimado labrador, pero irónicamente las consecuencias de tal
decisión son desgraciadas; en vez de evitar un posible problema

ISABEL   A suplicarte   540
                me dieses esta licencia
                venía yo. Sé que el estarme
                aquí es estar solamente
                a escuchar mil necedades.
                En ese cuarto mi prima   545
                y yo estaremos, sin que nadie,
                ni aun el sol mismo, no sepa
                de nosotras.

PEDRO CRESPO   Dios os guarde.
                Juanico, quédate aquí.
                Recibe a huéspedes tales,   550
                mientras busco en el lugar
                algo con qué regalarles.
                                    Vase.

ISABEL   Vamos, Inés.
INÉS   Vamos, prima.
                (Mas tengo por disparate   *[aparte]*
                el guardar una mujer,   555
                si ella no quiere guardarse.)
                                    Vanse.

Salen DON ÁLVARO *y el* SARGENTO.

SARGENTO   Ésta es, señor, la casa.

DON ÁLVARO   Pues del cuerpo de guardia al punto
                                                 [pasa
                toda mi ropa.

SARGENTO   Quiero
                registrar la villana lo primero.   560
                                    Vase

---

de honor, lo que resulta es lo contrario, pues tal medida despierta la curiosidad del arrogante capitán, que está al tanto de
las maniobras de su huésped.

540-542 *A suplicarte... venía yo.* Hipérbaton.

546-547 *nadie... no sepa.* Uso arcaico de la doble negación.

560 *registrar la villana.* En el sentido arcaico de «mirar por»
la villana.

82

JUAN	Vos seais bien venido
	[se acerca a don Álvaro]
	a aquesta casa; que ventura ha sido
	grande venir a ella un caballero
	tan noble como en vos le considero.
	(¡Qué galán y alentado! 565
	[aparte]
	Envidia tengo al traje de soldado.)

| DON ÁLVARO | Vos seais bien hallado. |

JUAN	Perdonaréis, no estar acomodado;
	que mi padre quisiera
	que hoy un alcázar esta casa fuera. 570
	Él ha ido a buscaros
	que comáis, que desea regalaros,
	y yo voy a que esté vuestro aposento
	aderezado.

| DON ÁLVARO | Agradecer intento |
| | la merced y el cuidado.   575 |

| JUAN | Estaré siempre a vuestros pies pos- |
| | [trado. |

Vase y sale el SARGENTO.

| DON ÁLVARO | ¿Qué hay, sargento? ¿Has ya visto |
| | a la tal labradora? |

SARGENTO	Vive Cristo,
	que con aquese intento
	no he dejado cocina ni aposento, 580
	y que no la he topado.

561-566 *Vos seáis... de soldado.*) En este parlamento, Juan Crespo revela la juvenil admiración por las galas militares y la vocación por el empleo en la milicia, y prepara el hilo de la acción por el que el mozo bajo la protección de don Lope se hará soldado.

577 *¿Has ya visto.* Transposición.

581 *he topado.* Forma antigua por he encontrado.

DON ÁLVARO	Sin duda el villanchón la ha retirado.
SARGENTO	Pregunté a una criada por ella, y respondióme que ocupada su padre la tenía 585 en ese cuarto alto, y que no había de bajar nunca acá, que es muy celoso.
DON ÁLVARO	¿Qué villano no ha sido malicioso? De mí digo, que, si hoy aquí la viera, caso de ella no hiciera; 590 y sólo porque el viejo la ha guardado, deseo, vive Dios, de entrar me ha [dado donde está.
SARGENTO	Pues ¿qué haremos, para que allá, señor, con causa entre- [mos, sin dar sospecha alguna? 595
DON ÁLVARO	Solo por tema la he de ver, y una industria he de buscar.
SARGENTO	Aunque no sea de mucho ingenio para quien la vea hoy, no importará nada; que con eso será más celebrada. 600
DON ÁLVARO	Óyela pues ahora.
SARGENTO	Di ¿qué ha sido?
DON ÁLVARO	Tú has de fingir... Mas no, pues que [ha venido ese soldado, que es más despejado, él fingirá mejor lo que he trazado.

Salen REBOLLEDO *y la* «CHISPA».

---

582 *villanchón.* Aumentativo despectivo de villano.
596 *por tema.* Locución que significa «por obstinación capri-
chosa».

REBOLLEDO	Con este intento vengo 605 a hablar al capitán, por ver si tengo dicha en algo.
«CHISPA»	Pues háblale de modo que le obligues; que en fin no ha de [ser todo desatino y locura.
REBOLLEDO	Préstame un poco tú de tu [cordura. 610
«CHISPA»	Poco y mucho pudiera.
REBOLLEDO	Mientras hablo con él, aquí me espera. Yo vengo a suplicarte... (*a Don Ál-* [*varo*)
DON ÁLVARO	En cuanto puedo ayudaré, por Dios, a Rebolledo, porque me ha aficionado 615 su despejo y su brío.
SARGENTO	Es gran soldado.
DON ÁLVARO	Pues ¿qué hay que se le ofrezca?
REBOLLEDO	Yo he perdido cuanto dinero tengo y he tenido y he de tener, porque de pobre juro, en presente, en pretérito y futuro. 620 Hágaseme merced de que por vía de ayudilla de costa aqueste día el alférez me dé...

---

610 *Préstame un poco tú de tu cordura*. Ironía.

610-611 *Préstame... pudiera*. Esticomicia. Cada verso tiene un significado completo y el sentido del primero se opone al del siguiente. Chispa responde diciendo *poco,* pues reconoce que la cordura no es su fuerte, pero añade *y mucho,* pues comparada la de ella con la de Rebolledo es abundante. Expresa por tanto una paradoja.

612 *me espera*. Transposición. El pronombre átono de primera persona va tras el modo imperativo normalmente.

622 *ayudilla de costa*. La ayuda de costa era el socorro o estipendio extraordinario que se podía dar a una persona empleada. En el caso de Rebolledo la prerrogativa de que se le asignara

Don Álvaro	Diga, ¿qué intenta?
Rebolledo	El juego del boliche por mi cuenta; que soy hombre cargado 625 de obligaciones y hombre al fin hon- [rado.
Don Álvaro	Digo que eso es muy justo, y el alférez sabrá que este es mi gusto. [aparte]
«Chispa»	(Bien le habla el capitán. ¡Oh si me [viera llamar de todos ya la bolichera!) 630
Rebolledo	Daréle ese recado.
Don Álvaro	Oye. Primero que lo lleves, de ti fiarme quiero para cierta invención que he imagi- [nado, con que salir intento de un cuidado.
Rebolledo	Pues ¿qué es lo que se aguarda? 635 Lo que tarda en saberse, es lo que [tarda en hacerse.

---

el juego del boliche significaba un ingreso seguro de recursos monetarios.

[624] *El juego del boliche.* Este juego se hacía en una mesa cóncava, que tenía unos cañoncillos, cuyos orificios salían como un palmo en el círculo en el que se jugaba. Se echaban con la mano tantas bolas como cañoncillos había, y la destreza consistía en hacerlas entrar por ellas.

[625-626] *que soy hombre... honrado.* Ironía, la obligación a la que se refiere es el mantenimiento de la barragana, del que quiere hacerse cargo y con ello indica desvergonzadamente que al reconocer sus obligaciones cumple como *hombre honrado.*

[630] *bolichera.* Persona que tiene a su cargo el boliche. Chispa espera ser la garitera —o preparadora que arme a los que han de jugar—, que obtiene el barato y lo que le den por jugar, si Rebolledo puede obtener la ayuda de costa del boliche. Véase la nota al v. 1056.

[632] *que lo lleves.* En AZCA se dice «que le lleves», caso de leísmo.

DON ÁLVARO	Escúchame. Yo intento
	subir a ese aposento
	por ver si en él una persona habita,
	que de mí hoy esconderse solicita. 640
REBOLLEDO	Pues ¿por qué no le subes?
DON ÁLVARO	No quisiera,
	sin que alguna color para esto hubiera,
	por disculparlo más; y así, fingiendo
	que yo riño contigo, has de irte hu-
	[yendo
	por ahí arriba. Yo entonces enoja-
	[do 645
	la espada sacaré. Tú muy turbado
	has de entrarte hasta donde
	esta persona que busqué se esconde.
REBOLLEDO	Bien informado quedo. *[aparte]*
«CHISPA»	(Pues habla el capitán con Rebolle-
	[do 650
	hoy de aquella manera,
	desde hoy me llamarán la bolichera.)
	[en alta voz]
REBOLLEDO	¡Voto a Dios que han tenido
	esta ayuda de costa, que he pedido,
	un ladrón, un gallina y un cuitado, 655

---

[641] *¿por qué no le subes?* Construcción arcaica por «¿por qué no subes a él?» Vera Tassis sugiere la variante «¿por qué a él no subes?»

[642] *alguna color.* Color es masculino de acuerdo con su etimología latina. En la época medieval, por tradición popular, alternó con la forma femenina, indecisión que continuó en el castellano del período clásico. Todavía hoy día la forma popular «la color» perdura en los pueblos castellanos, pero es tildada de incorrecta por la RAE. Significa en el contexto alguna razón aparente, aunque no verdadera, pretexto.

y ahora que la pide un hombre hon-
[rado,
se la dan!

[aparte]

«CHISPA» (Ya empieza su tronera.)
Pues ¿cómo me habla a mí de esa ma-
[nera?

REBOLLEDO ¿No tengo de enojarme,
cuando tengo razón?

DON ÁLVARO No, ni ha de
[hablarme; 660
y agradezca que sufro aqueste exceso.

REBOLLEDO Ucé es mi capitán, sólo por eso
callaré. Mas ¡por Dios! que si yo hu-
[biera
la bengala en mi mano...

DON ÁLVARO ¿Qué me hiciera?

«CHISPA» ¡Tente, señor! (Su muerte
[considera.) [aparte] 665

REBOLLEDO que me hablara mejor.

DON ÁLVARO ¿Qué es lo que espero,
que no doy muerte a un pícaro atre-
[vido?

REBOLLEDO Huyo, por el respeto que he tenido
a esa insignia.

---

⁶⁵⁶ *un hombre honrado.* Expresión irónica por las circunstancias indicadas en el comentario de los vv. 625-626.

⁶⁵⁷ *tronera.* Vocablo de germanía para indicar la actuación vo-
cinglera y ruidosa de un individuo.

⁶⁵⁹ *tengo de.* Forma de obligación anticuada por *tengo que.*

⁶⁶⁰ *No, ni ha de hablarme.* Forma elíptica por «no, ni ha de
hablarme de esa manera».

⁶⁶² *Ucé.* Véase la nota al v. 121.

⁶⁶⁴ *bengala.* Insignia antigua de mando militar a modo de ce-
tro o bastón.

DON ÁLVARO	Aunque huyas, te he de matar.
«CHISPA»	Ya él hizo de las [suyas. 670
SARGENTO	¡Tente, señor!
«CHISPA»	¡Escucha!
SARGENTO	¡Aguarda, espera!
«CHISPA»	Ya no me llamarán la bolichera.

Éntrale acuchillando y salen JUAN *con espada,*
y PEDRO CRESPO.

JUAN	¡Acudid todos presto!
PEDRO CRESPO	¿Qué ha sucedido aquí?
JUAN	¿Qué ha sido aquesto?
«CHISPA»	Que la espada ha sacado 675 el capitán aquí para un soldado, y esa escalera arriba sube tras él.
PEDRO CRESPO	¿Hay suerte más esquiva?
«CHISPA»	Subid todos tras él.
JUAN	Acción fue vana esconder a mi prima y a mi herma- [na. 680

Éntranse y salen REBOLLEDO *huyendo, e Isabel e Inés.*

---

672 *bolichera.* Véase la nota al v. 630.
673 Krenkel adjudica este verso a la Chispa. Véase AZCKr.
678 *¿Hay suerte más esquiva?* Pedro Crespo cree el principio
que el descubrimiento del retiro de su hija se debe a un accidente, pero luego comprende que se debe a un plan preparado
de antemano.

REBOLLEDO	Señoras, si siempre ha sido sagrado el que es templo, hoy sea mi sagrado aqueste, pues es templo del amor.
ISABEL	¿Quién a vos de esa manera 685 os obliga?
INÉS	¿Qué ocasión tenéis de entrar hasta aquí?
ISABEL	¿Quién os sigue o busca?

Salen DON ÁLVARO *y el* SARGENTO.

DON ÁLVARO	Yo; que tengo de dar la muerte al pícaro. ¡Vive Dios, 690 si pensase…!
ISABEL	Deteneos, siquiera porque, señor, vino a valerse de mí; que los hombres, como vos, han de amparar las mujeres, 695 si no por lo que ellas son, porque son mujeres; que esto basta, siendo vos quien sois.

681-684 *Señoras… amor.* Es algo sorprendente el estilo caballe-
resco empleado por Rebolledo en este parlamento, pero no está
fuera del decoro, puesto que entre las diversas características
de su modo de ser, se ha indicado que es *despejado* (v. 603)
y que tiene ingenio.

683 *sagrado.* Por refugio. Se deriva de la expresión «tomar sagrado», que originalmente indicaba la prerrogativa que tenía un
delincuente de acogerse a un iglesia, un monasterio o lugar sagrado, adonde la justicia no podía entrar a detenerlo. Metáfora
un tanto rebuscada. Isabel es diosa por su belleza y su cuarto
es templo de amor, en el cual Rebolledo se ha refugiado.

698 *siendo vos quien sois.* En el sentido de «siendo vos persona de honor». La frase «soy quien soy» y sus variantes implica
un código de honor a seguir y expresa la fuerza moral que
ayuda a un individuo en su decisión de conducta.

DON ÁLVARO	No pudiera otro sagrado	
	librarle de mi furor,	700
	sino vuestra gran belleza;	
	por ella vida le doy.	
	Pero mirad, que no es bien	
	en tan precisa ocasión	
	hacer vos el homicidio,	705
	que no queréis que haga yo.	

ISABEL	Caballero, si cortés	
	ponéis en obligación	
	nuestras vidas, no zozobre	
	tan presto la intercesión.	710
	Que dejéis este soldado	
	os suplico; pero no,	
	que cobréis de mí la deuda,	
	a que agradecida estoy.	

DON ÁLVARO	No sólo vuestra hermosura	715
	es de rara perfección,	
	pero vuestro entendimiento	
	lo es también; porque hoy en vos	
	alianza están jurando	
	hermosura y discreción.	720

Salen PEDRO CRESPO *y* JUAN, *las espadas desnudas.*

PEDRO CRESPO   ¿Cómo es eso, caballero?

---

⁶⁹⁹⁻⁷⁰² *No pudiera... doy.* Cambio de estilo en la manera del capitán don Álvaro, que descubre que sus intenciones son la de cortejar a la labradora, en vez de castigar la supuesta rebeldía del soldado.

⁷⁰³⁻⁷⁰⁶ *Pero mirad... haga yo.* Paradoja. Isabel hace el *homicidio,* que no lleva a cabo el capitán. Don Álvaro se refiere a que, aunque no ha tomado venganza del soldado que se ha querellado, ella con su belleza le ha infligido una mortal herida.

⁷²⁰ *hermosura y discreción.* Estas dos facultades una corpórea y la otra espiritual eran las requeridas en una dama sobresaliente.

⁷²¹ y ss. *¿Cómo es eso, caballero?...* Esta escena que comienza con la llegada de los Crespo, padre e hijo, establece el contraste entre sus personalidades. La suspicacia de ambos les indica lo que ha ocurrido, pero mientras Pedro discretamente no desvela

	¿Cuando pensó mi temor
	hallaros matando a un hombre,
	os hallo...

ISABEL   (¡Válgame Dios!) *[aparte]*

PEDRO CRESPO   requebrando a una mujer?   725
Muy noble sin duda sois,
pues que tan presto se os pasan
los enojos.

DON ÁLVARO   Quien nació
con obligaciones, debe
acudir a ellas; y yo   730
al respeto de esta dama
suspendí todo el furor.

PEDRO CRESPO   Isabel es hija mía,
y es labradora, señor,
que no dama.

JUAN   (¡Vive el cielo, *[aparte]*   735
que todo ha sido invención,
para haber entrado aquí!
Corrido en el alma estoy
de que piensen, que me engañan,
y no ha de ser.) —Bien, señor   740
capitán, pudierais ver
con más segura atención
lo que mi padre desea
hoy serviros, para no
haberle hecho este disgusto.   745

PEDRO CRESPO   ¿Quién os mete en eso a vos,
rapaz? ¿Qué disgusto ha habido?
Si el soldado le enojó,
¿no había de ir tras él?

---

sus sospechas, sino que indaga indirectamente para cerciorarse
de la verdad de los hechos, Juan declara sin cautela sus pensamientos e instiga una verdadera querella que hubiese podido ser
muy grave a no haber llegado a tiempo don Lope.

	Mi hija os estima el favor 750
	del haberle perdonado,
	y el de su respeto yo.

DON ÁLVARO   Claro está, que no habrá sido
              otra causa, y ved mejor
              lo que decís.

JUAN   Yo lo veo   755
              muy bien.

PEDRO CRESPO   Pues ¿cómo habláis vos
              así?

DON ÁLVARO   Porque estais delante,
              más castigo no le doy
              a este rapaz.

PEDRO CRESPO   Detened,
              señor capitán; que yo   760
              puedo tratar a mi hijo
              como quisiere, y vos no.

JUAN   Y yo sufrirlo a mi padre,
              mas a otra persona no.

DON ÁLVARO   ¿Qué habíais de hacer?

JUAN   Perder   765
              la vida por la opinión.

DON ÁLVARO   ¿Qué opinión tiene un villano?

JUAN   Aquella misma que vos;
              que no hubiera un capitán,
              si no hubiera un labrador.   770

DON ÁLVARO   ¡Vive Dios, que ya es bajeza
              sufrirlo!

PEDRO CRESPO   Ved que yo estoy
              de por medio.

765-766 *Perder la vida por la opinión.* Juan posee el mismo
sentido del honor que su padre, pero no su prudencia.

Sacan las espadas.

REBOLLEDO   ¡Vive Cristo,
                 Chispa, que ha de haber hurgón!

«CHISPA»   ¡Aquí del cuerpo de guardia!   775

REBOLLEDO   ¡Don Lope, ojo avizor!

Sale DON LOPE *con hábito *, muy galán, y bengala ***

DON LOPE   ¿Qué es aquesto? ¿La primera
                 cosa que he de encontrar hoy,
                 acabado de llegar,
                 ha de ser una cuestión?   780

DON ÁLVARO   (¡A qué mal tiempo don Lope *[ap.]*
                 de Figueroa llegó!)

PEDRO CRESPO   (¡Por Dios, que se las tenía *[aparte]*
                 con todos el rapagón!)

DON LOPE   ¿Qué ha habido?, ¿qué ha sucedi-
                                        [do?   785
                 Hablad; porque ¡voto a Dios
                 que a hombres, mujeres y casa
                 eche por un corredor!
                 ¿No me basta haber subido
                 hasta aquí, con el dolor   790
                 de esta pierna, que los diablos

---

774 *haber hurgón*. Expresión de germanía, por haber estocadas.
Hurgón era la estocada que se tiraba al cuerpo.

* *con hábito*. Insignia, en este caso, de la Orden de Santiago.

** Véase la nota al v. 664.

784 *rapagón*. Voz anticuada por mozo al que todavía no le había salido la barba.

786-788 *Hablad...; corredor*. Era habitual el representar a don
Lope de Figueroa como de genio malhumorado.

790-791 *con el dolor de esta pierna*. Don Lope de Figueroa,
como soldado con amplia experiencia había sido herido repetidas
veces. En el sitio de Galera «salió mal herido» y en el asalto
a Serón recibió un «arcabuzazo por un muslo que le pasa», du-

94

	llevarán, amén, sino	
	no decirme: aquesto ha sido?	
PEDRO CRESPO	Todo esto es nada, señor.	
DON LOPE	Hablad, decid la verdad.	795
DON ÁLVARO	Pues es que alojado estoy en esta casa; un soldado...	
DON LOPE	Decid.	
DON ÁLVARO	ocasión me dio a que sacase con él la espada. Hasta aquí se entró huyendo. Entréme tras él donde estaban esas dos labradoras, y su padre o su hermano o lo que son se han disgustado de que entrase hasta aquí.	800 805
DON LOPE	Pues yo a tan buen tiempo he llegado, satisfaré a todos hoy. ¿Quién fue el soldado, decid, que a su capitán le dio ocasión de que sacase la espada?	 810
REBOLLEDO	(¡A que pago yo *[aparte]* por todos!)	
ISABEL	Aqueste fue el que huyendo hasta aquí entró.	
DON LOPE	Denle dos tratos de cuerda.	815
REBOLLEDO	Tras...? ¿Qué me han de dar señor?	

---

rante las últimas actividades bélicas de las guerras de Granada,
en el febrero y marzo de 1570.

[815] *tratos de cuerda.* El trato de cuerda era un castigo militar.
Se ataban las manos del reo hacia atrás, colgándole por ellas de

Don Lope	Tratos de cuerda.
Rebolledo	Yo hombre de aquesos tratos no soy.
«Chispa»	De esta vez me lo estropean.
Don Álvaro	(¡Ah, Rebolledo, por Dios, 820 [*aparte a él*] que nada digas! Yo haré que te libren.)
Rebolledo	(¿Cómo no [*aparte a él*] lo he de decir, pues si callo, los brazos me pondrán hoy atrás, como mal soldado?) 825 El capitán me mandó [*a don Lope*] que fingiese la pendencia, para tener ocasión de entrar aquí.
Pedro Crespo	Ved ahora, si hemos tenido razón. 830
Don Lope	No tuvisteis, para haber así puesto en ocasión de perderse este lugar. ¡Hola! Echa un bando, tambor: —Que al cuerpo de guardia vayan 835 los soldados cuantos son, y que no salga ninguno, pena de muerte, en todo hoy.— Y para que no quedéis

---

una gruesa cuerda. Se le levantaba en el aire para dejarle caer
seguidamente sin que llegara a tocar el suelo, suspenso como
estaba de la cuerda, con lo que las coyunturas de los hombros
recibían una repentina presión muy dolorosa. Este castigo podía
causar el descoyuntamiento de los huesos.

817-818 *Tratos de cuerda... aquesos tratos.* Dilogía. *Aquesos,*
forma arcaica por esos.

820 *por Dios.* Ecfonema.

con aqueste empeño vos,   840
y vos con este disgusto,
y satisfechos los dos,
buscad otro alojamiento;
que yo en esta casa estoy
desde hoy alojado, en tanto   845
que a Guadalupe no voy
donde está el Rey.

DON ÁLVARO   Tus preceptos,
órdenes precisas son
para mí.

                        [*Vanse los soldados*]

PEDRO CRESPO   Entraos allá dentro.

        [*Vanse* ISABEL, INÉS *y* JUAN].

Mil gracias, señor, os doy   850
                        [*a don Lope*]
por la merced, que me hicisteis
de excusarme una ocasión
de perderme.

---

⁸⁴⁶ *Guadalupe.* Como se ha dicho el rey Felipe II pasó la semana santa de 1580 en el monasterio de Guadalupe.

⁸⁵⁰⁻⁸⁷⁶ *Mil gracias... de Dios.* En esta escena, que es la última del acto primero, Calderón establece el conflicto de jurisdicción legal que va a dar cuerpo y trascendencia al drama trágico. Pedro Crespo manifiesta que hay un honor horizontal del que los españoles son responsables. De hecho se adhiere a las «vendétte» familiares por motivos de honra, las cuales no observaban niveles sociales. Don Lope de Figueroa, en cambio, defiende un concepto del honor vertical, establecido según el empleo y rango del individuo. El juicio del viejo militar es ordenancista y, según él, los delitos de un soldado caen bajo la competencia de un tribunal militar. Paradójicamente, según el código, la postura del maestre de campo es más moderna que la de Pedro Crespo. Sobre el tema del honor véase el interesante artículo «El doble aspecto de la honra en el teatro del siglo XVII», de Gustavo Correa, *Hispanic Review*, XXVI, núm. 2, abril, 1958, págs. 99-107.

| DON LOPE | ¿Cómo habíais, |
| | decid, de perderos vos? |

| PEDRO CRESPO | Dando muerte a quien pensara 855 |
| | ni aun el agravio menor. |

| DON LOPE | ¿Sabéis, voto a Dios, que es |
| | capitán? |

PEDRO CRESPO	Sí, ¡voto a Dios!
	y aunque fuera él general,
	en tocando a mi opinión, 860
	le matara.

DON LOPE	A quien tocara
	ni aun al soldado menor
	sólo un pelo de la ropa,
	por vida del cielo, yo
	le ahorcara.

PEDRO CRESPO	A quien se atreviera 865
	a un átomo de mi honor,
	por vida también del cielo,
	que también le ahorcara yo.

DON LOPE	¿Sabéis, que estais obligado
	a sufrir, por ser quien sois, 870
	estas cargas?

PEDRO CRESPO	Con mi hacienda,
	pero con mi fama no.
	Al Rey la hacienda y la vida

857-858 *voto a Dios...: Voto a Dios!* Ecfonemas. Repetición.
873-876 *Al Rey... de Dios.* Estos famosos versos presenta en manera sucinta la filosofía del rico labrador de Zalamea. Han sido frecuente y diversamente comentados. Defienden la libertad del individuo para tomar venganza en las querellas personales del honor, las cuales no conciernen al estado. Calderón adaptaba como ha indicado Américo Castro, un tópico repetido en la época. Este crítico cita el caso de don Diego de Simancas, el cual se negó a ir a Roma como auditor del Tribunal de la Rota, alegando que su «ánimo no podía bien acomodarse a aquella jornada, ni aun (su) conciencia». A esto, el duque de Sessa le contestó: «Pues

	se ha de dar; pero el honor	
	es patrimonio del alma,	875
	y el alma sólo es de Dios.	

DON LOPE   ¡Juro a Cristo, que parece
             que vais teniendo razón!

PEDRO CRESPO Sí, juro a Cristo, porque
             siempre la he tenido yo.   880

DON LOPE   Yo vengo cansado, y esta
             pierna, que el diablo me dio,
             ha menester descansar.

PEDRO CRESPO Pues ¿quién os dice que no?
             Ahí me dio el diablo una cama,   885
             y servirá para vos.

DON LOPE   Y ¿diola hecha el diablo?

PEDRO CRESPO   Sí.

DON LOPE   Pues a deshacerla voy,
             que estoy, voto a Dios, cansado.

PEDRO CRESPO Pues descansad, voto a Dios.   890

---

si es así, no hay que deliberar, que por servir al rey hase de poner la persona y la hacienda, pero no el ánima ni la honra». Sacados los versos del contexto, Calderón parece hacer una defensa de los derechos personales frente a la intervención del gobierno; sin embargo, el propósito del poeta es más dramático que ideológico en este caso.

[877-894] *¡Juro a Cristo... los dos.)* En estos últimos versos del acto primero se enfrentan los dos personajes con sus opuestas idiosincrasias. Los juramentos y pesias de don Lope incitan a que Pedro Crespo jure también por no ser menos, picado en su amor propio. El contraste en sus actitudes dará garbo expresivo y profundidad humana a lo largo de la pieza y conduce a un final melodramático, cuya solución se obtiene gracias a la intervención de una figura *ex machina*. Obsérvese la repetición de interjecciones (*juro a Cristo,* vv. 877, 879; *voto a Dios,* vv. 889, 890).

DON LOPE   (Testarudo es el villano;   [*aparte*]
                        también jura como yo.)

PEDRO CRESPO   (Caprichoso es el don Lope; [*aparte*]
                        no haremos migas los dos.)

---

894 *no haremos migas los dos.)* Variante de «no hacer buenas
migas». Migas es un plato de comer sencillo de los pastores. Son
migas de pan aderezadas con aceite, ajos y pimiento. No hacer
buenas migas quiere decir no avenirse bien.

JORNADA SEGUNDA

Salen DON MENDO *y* NUÑO, *su criado.*

DON MENDO	¿Quién os contó todo esto?	895
NUÑO	Todo esto contó Ginesa, su criada.	
DON MENDO	¿El capitán, después de aquella pendencia, que en su casa tuvo, fuese ya verdad o ya cautela, ha dado en enamorar a Isabel?	900
NUÑO	Y es de manera, que tan poco humo en su casa	

896-897 *Ginesa su criada.* Ginesa, criada de Isabel, es un personaje que no aparece en la obra, aunque vuelve a hacerse varias
referencias a él (vv. 941, 1429, 1689). El propósito del uso de
este nombre es el de proveer una rima en asonante, al mismo
tiempo que se alude cómicamente a la costumbre de murmurar
en los que sirven. El humor se subraya con la repetición de la
anadiplosis *todo esto - todo esto.* Sin embargo, este personaje que
no sale a escena tiene un papel ruin. El capitán la soborna para
sus fines deshonestos, aunque luego el acaso le facilita el rapto
de Isabel sin su ayuda.

900 *cautela.* En el sentido de astucia o maña engañosa.

903-904 *tan poco humo en su casa él hace.* Hipérbaton. «Hacer
humo» quiere decir detenerse o estar en un sitio.

él hace, como en la nuestra
nosotros. Él todo el día 905
no se quita de su puerta.
No hay hora, que no le envíe
recados; con ellos entra
y sale un mal soldadillo,
confidente suyo.

DON MENDO   ¡Cesa!   910
que es mucho veneno, mucho,
para que el alma lo beba
de una vez.

NUÑO   Y más no habiendo
en el estómago fuerzas
con que resistirle.

DON MENDO   Hablemos   915
un rato, Nuño, de veras.

NUÑO   ¡Pluguiera a Dios fueran burlas!

DON MENDO   Y ¿qué le responde ella?

NUÑO   Lo que a ti; porque Isabel
es deidad hermosa y bella,   920
a cuyo cielo no empañan
los vapores de la tierra.

---

⁹⁰⁷ *le*. En AZCA dice *la;* laísmo que se ha corregido.

⁹⁰⁹ *soldadillo*. Diminutivo despectivo.

⁹¹⁰⁻⁹¹³ *¡Cesa… vez*. El parlamento de don Mendo indica hiper-
bólicamente el sufrimiento que le aqueja. Su manera de hablar
expresa metáforas que hacen referencia a la comida o a la be-
bida como es el caso. Nuño en el pasaje siguiente volverá a su
tópico favorito: el hambre. Es muy ingeniosa, por tanto, la forma
en que el dramaturgo hace hablar a sus dos personajes cómicos.
Se establece siempre un contraste. Don Mendo se expresa en forma altisonante y grotesca. Nuño, en un nivel *sancho-pancesco,* incide en el tema principal de la picardía literaria.

⁹¹¹ *mucho veneno, mucho*. Repetición.

⁹¹⁹⁻⁹²² *porque Isabel… tierra*. Nuño, como en el caso de Rebolledo, es ingenioso y sabe, cuando quiere, imitar el estilo cor-
tesano. Véase la nota a los vv. 681-684.

DON MENDO   ¡Buenas nuevas te dé Dios!

                                    [*dale un bofetón*]

NUÑO   A ti te dé mal de muelas,
              que me has quebrado dos dientes. 925
              Mas bien has hecho, si intentas
              reformarlos por familia,
              que no sirve ni aprovecha.
              ¡El capitán!

DON MENDO   ¡Vive Dios,
              si por el honor no fuera   930
              de Isabel, que lo matara!

NUÑO   ,   Más mira por tu cabeza.

     Salen DON ÁLVARO, *el* SARGENTO *y* REBOLLEDO.

DON MENDO   (Escucharé retirado.)   [*aparte*]
              Aquí, a esta parte, te llega.

                                    [*retíranse*]

_____

[923-925] *¡Buenas nuevas... dos dientes.* La broma bufa del golpe
que recibe el gracioso por el que le quiebran una muela o dientes puede observarse en un pasaje del acto III de *El burlador
de Sevilla:*

Catalinón —   ....
              y dicen...
Don Juan —   ¡Calla!
Catalinón —   Una muela
              en la boca me has rompido. (vv. 2218-2219)

Calderón utiliza sistemáticamente una variante en su teatro; según la cual el golpe se da por accidente. Don Mendo agita los
brazos al enterarse con satisfacción que Isabel no corresponde al
capitán e involuntariamente le da una manotada.
[926-928] *Mas bien... ni aprovecha.* Juego de Palabras. La palabra
reforma había obtenido una significación muy distintiva con los
problemas religiosos de la época. Nuño se refiere metafóricamente
a sus dientes como una «familia que no sirve ni aprovecha», porque no come. *Reformarlos* quiere decir aquí devolverles su pri-
mitiva función, remediar la falta de empleo a la que habían
llegado.
[929-931] *¡Vive Dios... lo matara!* Don Mendo esconde su cobar-
día, pues se retira en cuanto llega don Álvaro, diciendo que no
quiere comprometer a Isabel con un duelo hecho por su causa.

DON ÁLVARO	Este fuego, esta pasión 935
	no es amor solo, que es tema,
	es ira, es rabia, es furor.

REBOLLEDO	¡Oh nunca, señor, hubieras
	visto a la hermosa villana,
	que tantas ansias te cuesta! 940

| DON ÁLVARO | ¿Qué te dijo la crïada? |

| REBOLLEDO | ¿Ya no sabes sus respuestas? |

DON MENDO	Esto ha de ser: Pues ya tiende
	[a Nuño]
	la noche sus sombras negras,
	antes que se haya resuelto 945
	a lo mejor mi prudencia,
	ven a armarme.

NUÑO	Pues ¿que tienes
	más armas, señor, que aquellas
	que están en un azulejo
	sobre el marco de la puerta? 950

| DON MENDO | En mi guadarnés presumo |

_____

935-937 *Este fuego... es furor.* La enumeración de nombres referidos a «amor» indica el desarrollo rápido y la profundidad de la pasión del capitán por la villana, acaecido en el tiempo entre el acto primero y el segundo.

943-947 *Esto ha de ser... armarme.* Don Mendo continúa la *pose* de hombre valiente y aguerrido. Ordena a su criado que le venga a vestir con sus armas esa noche, mandato hiperbólico, pues sólo tiene unas piezas probablemente enmohecidas, entre las que se destaca una adarga. Como se ha dicho es un hombre cobarde y visionario.

945 *se haya.* Según AZCVTP. En AZCA dice *haya*.

951-953 *En mi guadarnés... ponerme.* Ante la réplica lógica y despectiva del criado, se refiere al *guadarnés* como lugar en donde están arrumbadas sus desgastadas y exiguas armas. El substantivo guadarnés es arcaico; designaba el cuarto en donde se guardaban las armas. Don Mendo, además, define la posible querella nocturna como *empresa* o acción ardua y considerable.

que hay para tales empresas
algo que ponerme.

NUÑO   Vamos,
sin que el capitán nos sienta.

                                Vanse.

DON ÁLVARO   ¡Que en una villana haya   955
tan hidalga resistencia,
que no me haya respondido
una palabra siquiera
apacible!

SARGENTO   Éstas, señor,
no de los hombres se prendan   960
como tú. Si otro villano
la festejara y sirviera,
hiciera más caso de él.
Fuera de que son tus quejas
sin tiempo. Si te has de ir   965
mañana, ¿para qué intentas,
que una mujer en un día
te escuche y te favorezca?

DON ÁLVARO   En un día el sol alumbra

955-959 *¡Que en una villana... apacible!* Calderón ha idealizado
el personaje femenino. Isabel rechaza los avances amorosos de don
Álvaro con extremado recato y por obediencia a su padre. Actitud totalmente diversa a la de Inés y Leonor en el drama atri-
buido a Lope de Vega.

969-994 *En un día... las ofensas?* Parlamento al que da esplen-
dor la noble retórica calderoniana. Revela el estrago que ha
causado el fuego erótico en el pensamiento del joven militar,
pues ha perdido por su causa los valores cristianos más esenciales. Ha olvidado el gobierno de la razón y busca el momento
fugaz, el efímero placer sin atender a la meditación trascendente.
El alocado capitán defiende el accidente en vez de la esencia, el
goce material en vez de la fruición del espíritu, el desasosiego
romántico, en vez de la seguridad moral. Calderón construye el
pasaje sobre la repetición progresiva y ascendente de la expresión «en un día», que refleja la filosofía desarmónica de don Álvaro. Las seis anáforas introducen una variedad de imágenes analógicas y correlativas por la que se ilustran los cambios contras-

y falta; en un día se trueca   970
un reino todo; en un día
es edificio una peña;
en un día una batalla
pérdida y victoria ostenta;
en un día tiene el mar   975
tranquilidad y tormenta;
en un día nace un hombre,
y muere: luego pudiera
en un día ver mi amor
sombra y luz, como planeta;   980
pena y dicha, como imperio;
gente y brutos, como selva;
paz e inquietud, como mar;
triunfo y ruina, como guerra;
vida y muerte, como dueño   985
de sentidos y potencias.
Y habiendo tenido edad
en un día su violencia
de hacermè tan desdichado,
¿por qué, por qué no pudiera   990
tener edad en un día
de hacerme dichoso? ¿Es fuerza
que se engendren más despacio
las glorias, que las ofensas?

SARGENTO   ¿Verla una vez solamente   995
a tanto extremo te fuerza?

DON ÁLVARO   ¿Qué más causa había de haber,
llegando a verla, que verla?

---

tantes de la fortuna. El concepto se aplica en forma recolectiva
al amor no correspondido, el cual queda así comparado con un
planeta, un imperio, una selva, un mar, una guerra, un hombre.
Como colofón coloca dos erotemas o preguntas retóricas en las
que se da por posible la felicidad de su amor, dado el vaivén
de la rueda de la fortuna, pues en su negocio de amor no ha
recibido hasta ahora más que desengaños.

990 *¿por qué, por qué...* Republicación o epímone.
998 *llegando a verla, que verla?* Epífora irregular.

De sola una vez a incendio
crece una breve pavesa;   1000
de una vez sola un abismo
fulgúreo volcán revienta;
de una vez se enciende el rayo,
que destruye cuanto encuentra;
de una vez escupe horror   1005
la más reformada pieza;
De una vez amor ¿qué mucho,
fuego de cuatro maneras,
mina, incendio, pieza y rayo,
postre, abrase, asombre y hiera? 1010

SARGENTO   ¿No decías, que villanas
nunca tenían belleza?

DON ÁLVARO Y aun aquesa confianza
me mató; porque el que piensa
que va a un peligro, ya va,   1015
prevenido a la defensa;
quien va a una seguridad,
es el que más riesgo lleva,
por la novedad que halla,
si acaso un peligro encuentra.   1020
Pensé hallar una villana;
si hallé una deidad, ¿no era
preciso que peligrase
en mi misma inadvertencia?
En toda mi vida vi   1025
más divina, más perfecta

---

⁹⁹⁹⁻¹⁰¹⁰ *De sola una vez... asombre y hiera?* Este parlamento
refuerza el anterior del capitán. La anáfora «de una vez» y sus
variantes («de sola una vez» y «de una vez sola») incide en el
concepto del rápido desarrollo de la pasión. Las imágenes analógicas son *breve pavesa-incendio, mina* (abismo-fulgúreo volcán),
rayo, descarga de una pieza de artillería, cuatro plásticas expresiones del fuego. La forma de este procedimiento estilístico consiste
en una explicación diseminativa y una recolección final.

¹⁰¹³ *aquesa.* Forma arcaica por esa.

¹⁰²⁵⁻¹⁰²⁷ *En toda... hermosura.* Hipérbole, típica de la fórmula
cortesana.

hermosura. ¡Ay, Rebolledo,
no sé qué hiciera por verla!

REBOLLEDO   En la compañía hay soldado,
que canta por excelencia,   1030
y la Chispa, que es mi alcaida
del boliche, es la primera
mujer en jacarear.
Haya, señor, jira y fiesta
y música a su yentana;   1035
que con esto podrás verla
y aun hablarla.

DON ÁLVARO   Como está
don Lope allí, no quisiera
despertarle.

REBOLLEDO   Pues don Lope
¿cuándo duerme con su pierna? 1040
Fuera, señor, que la culpa,
si se entiende, será nuestra,
no tuya, si de rebozo
vas en la tropa.

DON ÁLVARO   Aunque tenga
mayores dificultades,   1045
pase por todas mi pena.
Juntaos todos esta noche,
mas de suerte, que no entiendan,
que yo lo mando. ¡Ay, Isabel,
qué de cuidados me cuestas!   1050

Vanse DON ÁLVARO, *y el* SARGENTO, *y sale la* «CHISPA».

«CHISPA»   ¡Téngase!

[1031] *alcaida.* Forma popular, femenino de alcaide, por alcaidesa.
[1032] *boliche.* Véase la nota al v. 624.
[1034] *jira* y *fiesta.* Sinonimia.
[1043] *de rebozo.* Ir de rebozo es una forma arcaica por ir embozado u oculto. Literalmente significaba con el rostro cubierto con la capa.

REBOLLEDO	Chispa, ¿qué es eso?
«CHISPA»	Ahí un pobrete, que queda con un rasguño en el rostro.
REBOLLEDO	Pues ¿por qué fue la pendencia?
«CHISPA»	Sobre hacerme alicantina 1055 del barato de hora y media, que estuvo echando las bolas, teniéndome muy atenta a si eran pares o nones. Canséme y díle con ésta. 1060

Saca la daga.

	Mientras que con el barbero poniéndose en puntos queda, vamos al cuerpo de guardia, que allá te daré la cuenta.
REBOLLEDO	¡Bueno es estar de mohína, 1065 cuando vengo yo de fiesta!
«CHISPA»	¿Pues qué estorba el uno al otro? Aquí está la castañeta. ¿Qué se ofrece que cantar?
REBOLLEDO	Ha de ser cuando anochezca, 1070

1053 *con un rasguño en el rostro.* Aliteración.

1055 *alicantina.* Voz de germanía que significa engaño o disimulación maliciosa.

1056 *barato.* Porción·de dinero que daba voluntariamente el jugador que gana al garitero, así como la que se le asignaba por preparar el juego. La situación del tahur apaleado o herido por no pagar el *barato* se repite en los textos de la época.

1061 *barbero.* Antiguamente el barbero ejercía, además de cortar el pelo y afeitar, el oficio de practicante.

1062 *poniéndose en puntos queda.* Dilogía establecida en la bisemia de la palabra *puntos;* como puntos dados con una aguja por un practicante y puntos o valores ganados en el juego.

1065 *estar de mohína..* Dilogía. Estar enojado —estar en el juego enfrentado por jugadores unidos o conjurados contra él.

y música más fundada.
Vamos y no te detengas.
Anda acá al cuerpo de guardia.

«Chispa»   Fama ha de quedar entera
           de mí en el mundo, que soy   1075
           Chispilla, la bolichera.

                                    Vanse.

Salen Don Lope *y* Pedro Crespo.

Pedro Crespo   En este paso, que está

                        [*a los criados*]

                más fresco, poned la mesa
                al señor don Lope. —Aquí

                        [*a don Lope*]

                os sabrá mejor la cena;   1080
                que al fin los días de agosto
                no tienen más recompensa,
                que sus noches.

Don Lope   Apacible
                estancia en extremo es ésta.

Pedro Crespo   Un pedazo es de jardín   1085

[1073] *cuerpo de guardia.* Término militar. Lugar o cuarto, señalado para los soldados que han de alternar la guardia.

[1076] *bolichera.* Véase la nota al v. 630.

[1077-1284] *En este paso... la cama vuestra.* Estos versos, un poco más de dos centenas, constituyen el famoso cuadro de la cena en el jardín. Ocupan el centro del acto segundo y desarrollan las personalidades contrastadas de don Lope y don Pedro; similares, sin embargo, en el sentido básico de dignidad y justicia, aunque, como se ha señalado, con diversas perspectivas de juicio; en el caso del militar, éste es «vertical», y en el del labrador, «horizontal». La concordia de los dos personajes se ve alterada por la intervención de los soldados que cantan a Isabel, incitados por el capitán, el cual, acepta un honor vertical, pero sólo en forma vacía y aparente, y su actitud revela desprecio por los villanos, y sus acciones delincuentes abusan de la autoridad que ejerce en su empleo. Las repeticiones con variantes y las esticomicias resaltan la oposición de los dos comensales.

[1085-1104] *Un pedazo es de jardín... continua dolencia.* El parla-

110

do mi hija se divierta.
Sentaos. Que el viento süave,
que en las blandas hojas suena
de estas parras y estas copas,
mil cláusulas lisonjeras   1090
hace al compás de esta fuente,
cítara de plata y perlas,
porque son en trastes de oro
las guijas templadas cuerdas.
Perdonad, si de instrumentos   1095
solos la música suena,
de músicos que deleiten
sin voces que os entretengan;
que como músicos son
los pájaros que gorjean,   1100
no quieren cantar de noche,
ni yo puedo hacerles fuerza.
Sentaos, pues, y divertid
esa continua dolencia.

DON LOPE   No podré; que es imposible,   1105
que divertimiento tenga.
¡Válgame Dios!

PEDRO CRESPO   ¡Valga, amén!

DON LOPE   ¡Los cielos me den paciencia!
Sentaos, Crespo.

---

mento de Pedro Crespo presenta un jardín, cuya música natural
es un reflejo de la armonía del universo.

1090 *cláusulas.* Usado en sentido metafórico por lenguaje musical.
1091-1092 *esta fuente, cítara de plata y perlas.* Metáfora. El agua
es comparada con la plata y las perlas con las gotas.
1093-1094 *son en trastes de oro las guijas templadas cuerdas.*
Transposición por «las guijas son, en trastes de oro, templadas
cuerdas». Las guijas o piedrecillas sobre las que cae el agua son
como «trastes de oro», que acuerdan los sonidos. El traste es el
resalte de metal o hueso que pone tirante la cuerda de una vi-
huela. Hay que suponer que las piedrecillas de la base de la
fuente tenían coloraciones doradas. «De oro» contrasta con «la
plata» del agua.
1107 *¡Válgame... ¡Valga.* Anáfora.

PEDRO CRESPO	Yo estoy bien.
DON LOPE	Sentaos.
PEDRO CRESPO	Pues me dais licencia, 1110 digo, señor, que obedezco, aunque excusarlo pudierais.

Siéntase.

DON LOPE	¿No sabéis qué he reparado? Que ayer la cólera vuestra os debió de enajenar 1115 de vos
PEDRO CRESPO	Nunca me enajena a mí de mí nada.
DON LOPE	Pues ¿cómo ayer, sin que os dijera que os sentarais, os sentasteis, aun en la silla primera? 1120
PEDRO CRESPO	Porque no me lo dijisteis, y hoy, que lo decís, quisiera no hacerlo. La cortesía tenerla con quien la tenga.
DON LOPE	Ayer todo erais reniegos, 1125 porvidas, votos y pesias; y hoy estáis más apacible, con más gusto y más prudencia.
PEDRO CRESPO	Yo, señor, siempre respondo en el tono y en la letra, 1130 que me hablan. Ayer vos así hablabais, y era fuerza

---

1109-1110 *Sentaos... Sentaos.* Anáfora.
1129-1131 *Yo, señor... me hablan.* Explica la manera de ser de Pedro Crespo, de acuerdo con su idea de la dignidad, basada en la igualdad de derechos.

que fuera de un mismo tono
la pregunta y la respuesta.
Demás de que yo he tomado   1135
por política discreta,
jurar con aquel que jura,
rezar con aquel que reza.
A todo hago compañía;
y es aquesto de manera,   1140
que en toda la noche pude
dormir en la pierna vuestra
pensando, y amanecí
con dolor en ambas piernas;
que, por no errar la que os duele, 1145
si es la izquierda o la derecha,
me dolieron a mí entrambas.
Decidme ¡por vida vuestra!
cuál es y sépalo yo,
porque una sola me duela.   1150

DON LOPE   ¿No tengo mucha razón
de quejarme, si ha ya treinta
años, que asistiendo en Flandes
al servicio de la guerra,
el invierno con la escarcha,   1155
y el verano con la fuerza
del sol, nunca descansé,
y no he sabido, qué sea
estar sin dolor un hora?

PEDRO CRESPO   ¡Dios, señor, os dé paciencia!   1160

DON LOPE   ¿Para qué la quiero yo?

1137-1138 *Jurar... reza.* Casos de conmoración.
1139-1150 *A todo hago... me duela.* Todo el pasaje es irónico, y
por su evidencia e hipérbole roza el sarcasmo. No hay crueldad,
empero, en Crespo, sino socarronería. Estos rasgos cómicos en
Pedro Crespo corroboran lo dicho en el comentario a los versos
503-510.
1152 *ha.* Forma popular apocopada por hace.
1159 *un hora.* Apócope de la a en el artículo indeterminado por
influencia popular.

PEDRO CRESPO	No os la dé.
DON LOPE	Nunca acá venga, sino que dos mil demonios carguen conmigo y con ella
PEDRO CRESPO	¡Amén! Y si no lo hacen 1165 es por no hacer cosa buena.
DON LOPE	¡Jesús mil veces, Jesús!
PEDRO CRESPO	Con vos y conmigo sea.
DON LOPE	¡Voto a Cristo, que me muero!
PEDRO CRESPO	¡Voto a Cristo, que me pesa! 1170

Saca la mesa JUAN.

JUAN	Ya tienes la mesa aquí.
DON LOPE	¿Cómo a servirla no entran mis criados?
PEDRO CRESPO	Yo, señor, dije, con vuestra licencia, que no entraran a serviros, 1175 y que en mi casa no hicieran prevenciones; que a Dios gracias, pienso, que no os falte en ella nada.
DON LOPE	Pues no entran crïados, hacedme favor que venga 1180 vuestra hija aquí a cenar conmigo.
PEDRO CRESPO	Dile que venga

1167 *¡Jesús mil veces, Jesús!* Epanadiplosis.
1167-1170 *¡Jesús… pesa!* Esticomicias.
1169-1170 *¡Voto a Cristo… ¡Voto a Cristo.* Anáfora de interjecciones.
1182 *Dile.* En AZCA dice *dila,* caso de laísmo. Véase la nota al v. 124.

	tu hermana al instante, Juan	
	[*vase Juan*]	

DON LOPE Mi poca salud me deja
sin sospecha en esta parte.   1185

PEDRO CRESPO Aunque vuestra salud fuera,
señor, la que yo os deseo,
me dejara sin sospecha.
Agravio hacéis a mi amor,
que nada de eso me inquieta;   1190
que el decirle que no entrara
aquí fue con advertencia
de que no estuviese a oír
ociosas impertinencias;
que si todos los soldados   1195
corteses, como vos, fueran,
ella había de acudir
a servirlos las primera.

DON LOPE (¡Qué ladino es el villano! [*aparte*]
¡Oh, cómo tiene prudencia!)   1200

Salen INÉS e ISABEL [*y* JUAN].

ISABEL ¿Qué es, señor, lo que me mandas?

PEDRO CRESPO El señor don Lope intenta
honraros. Él es quien llama.

ISABEL Aquí está una esclava vuestra.

DON LOPE Serviros intento yo.   1205

[1191] *decirle*. En AZCA dice *decirla,* caso de laísmo.

[1199] *ladino*. Por hábil o experto. La palabra tiene una interesante semasiología. Viene de la palabra *latino* con la sonorización popular de la dental sorda intervocálica. En la Edad Media, se llamaron *ladinos* a los que conocían el latín, gente educada, discreta que sabía la lengua culta. De su sentido original, la palabra *ladino,* por extensión, pasó a indicar a la persona discreta y experta en cualquier negocio.

[1204] *Aquí está una esclava vuestra.* Forma de cortesía.

| | (¡Qué hermosura tan honesta!) [ap.] | |
| | Que cenéis conmigo quiero. | |

ISABEL   Mejor es, que a vuestra cena
              sirvamos las dos.

DON LOPE   Sentaos.

PEDRO CRESPO Sentaos. Haced lo que ordena   1210
              el señor don Lope.

ISABEL   Está
              el mérito en la obediencia.

              Tocan guitarras.

DON LOPE   ¿Qué es aquello?

PEDRO CRESPO   Por la calle
              los soldados se pasean,
              cantando y bailando.

DON LOPE   Mal   1215
              los trabajos de la guerra,
              sin aquesta libertad,
              se llevaran; que es estrecha
              religión la de un soldado,
              y darle ensanchas es fuerza.   1220

JUAN   Con todo eso es linda vida.

DON LOPE   ¿Fuérades con gusto a ella?

JUAN   Sí, señor, como llevara
              por amparo a vuecelencia.

1208 *a vuestra.* Según AZCVTP. En AZCA dice *vuestra.*

1220 *darle ensanchas.* Forma arcaica por ensanchar. En AZCA
dice *darla,* otro caso de laísmo.

1221-1224 *Con todo... Vuecelencia.* Calderón continúa con estos
versos la preparación de la entrada de Juan en la milicia. Véase
la nota a los vv. 561-566.

1222 *Fuérades.* Arcaísmo por fuerais. La desinencia *-des* para la
segunda persona del plural continuó esporádicamente a lo largo
del siglo XVII.

1221 *Vuecelencia.* Síncopa popular por vuestra excelencia.

UNO [*dentro*]	Mejor se cantará aquí.	1225
REBOLLEDO [*dentro*]	Vaya a Isabel una letra. Para que despierte, tira a su ventana una piedra.	
PEDRO CRESPO	(A ventana señalada [*aparte*] va la música. ¡Paciencia!)	1230
CANTA [*dentro*]	«*Las flores del romero, niña Isabel, hoy son flores azules, y mañana serán miel.*»	
DON LOPE	(Música, vaya. Mas esto [*aparte*] de tirar es desvergüenza. ¡Y a la casa donde estoy venirse a dar cantaletas! … Pero disimularé por Pedro Crespo y por ella.) ¡Qué travesuras!	1235 1240
PEDRO CRESPO	Son mozos. (Si por don Lope no fuera, [*aparte*] yo les hiciera…)	
JUAN	(Si yo [*aparte*] una rodelilla vieja,	

1226 *letra.* Palabras o composición para una música. En este caso se trata de una letrilla. Esta es una breve composición de arte menor de asunto ligero o satírico, similar al estribillo del villancico o romancillo. Se trata de una variante del refrán «La flor del romero, niña Isabel, hoy es flor azul y mañana será miel». Véase el *Vocabulario de refranes y frases proverbiales*, de Gonzalo Correas. Luis de Góngora hizo también una famosa glosa de la letra en cuestión.

1238 *cantaletas.* Don Lope alude despectivamente a los cantores, pues considera que su intervención es una falta de respeto a su dignidad. *Cantaleta* era el ruido de bulla, canto desordenado acompañado de instrumentos mal acordados.

1242-1243 *Si por… Si yo.* Pensamientos paralelos y complementarios de Pedro Crespo y Juan dichos en *aparte*. El razonamiento de Juan ayuda a dar más profundidad al tópico del honor del padre.

1244 *rodelilla.* Diminutivo. Arcaísmo. Escudo de forma redonda.

que en el cuarto de don Lope   1245
está colgada, pudiera
sacar...)

Hace que se va.

PEDRO CRESPO   ¿Dónde vais, mancebo?

JUAN   Voy a que traigan la cena.

PEDRO CRESPO   Allá hay mozos que la traigan.

TODOS [*dentro*]   Despierta, Isabel, despierta.   1250

ISABEL   (¿Qué culpa tengo yo, cielos,
para estar a esto sujeta?) [*aparte*]

DON LOPE   Ya no se puede sufrir,
porque es cosa muy mal hecha.

Arroja DON LOPE *la mesa.*

PEDRO CRESPO   Pues ¡y cómo si lo es!   1255

Arroja PEDRO CRESPO *la silla.*

DON LOPE   Llevéme de mi impaciencia.
¿No es, decidme, muy mal hecho,
que tanto una pierna duela?

PEDRO CRESPO   De eso mismo hablaba yo.

DON LOPE   Pensé, que otra cosa era...   1260
¿Cómo arrojásteis la silla?

PEDRO CRESPO   Como arrojásteis la mesa
vos, no tuve que arrojar
otra cosa yo más cerca.
(¡Disimulemos, honor!) [*aparte*]1265

[1250] *Despierta, Isabel, despierta.* Epanadiplosis.
[1261-1262] *¿Cómo arrojásteis... Como arrojásteis.* Anáfora.

DON LOPE	(¡Quién en la calle estuviera!)
	Ahora bien, cenar no quiero. [ap.]
	Retiraos.
PEDRO CRESPO	En hora buena.
DON LOPE	Señora, quedad con Dios.
ISABEL	El cielo os guarde.
DON LOPE	(A la puerta [aparte] 1270
	de la calle, ¿no es mi cuarto?,
	y en él, ¿no está una rodela?)
PEDRO CRESPO	(¿No tiene puerta el corral, [aparte]
	y yo una espadilla vieja?)
DON LOPE	Buenas noches.
PEDRO CRESPO	Buenas noches. 1275
	(Encerraré por defuera [aparte]
	a mis hijos.)
DON LOPE	(Dejaré [aparte]
	un poco la casa quieta.)
ISABEL	(¡Oh qué mal, cielos, los dos [ap.]
	disimulan que les pesa!) 1280

1270-1273 *A la puerta... ¿No tiene puerta...?* Pensamientos paralelos y complementarios de don Lope y Pedro dichos en *aparte*. En este caso, los dos hombres coinciden en tomar como una ofensa de honor la intervención de los soldados que cantan a Isabel. Don Lope por ser un desacato a su insignia de cabo de la tropa. Pedro por tratarse de su hija. El complemento de actitudes responde, por tanto, a concepciones distintas. En el caso del militar, como se ha dicho, se trata de un honor vertical; en el caso del labrador, horizontal.

1272 *rodela*. Véase la nota al v. 1244.

1279 *cielos*. Ecfonema.

1279-1282 (*¡Oh, que mal... (Mal el uno...* Pensamientos paralelos y complementarios de Isabel e Inés. En el juego de situaciones dramáticas paralelas y con variantes, Calderón utiliza aquí a los dos labradores. La prima Inés sirve para dar mayor proyección a la figura de la hija de Pedro Crespo.

INÉS	(Mal el uno por el otro [*aparte*] van haciendo la deshecha.)
PEDRO CRESPO	¡Hola, mancebo!
JUAN	¿Señor?
PEDRO CRESPO	Acá está la cama vuestra.

Vanse.

Salen DON ÁLVARO, *el* SARGENTO, *la* «CHISPA»
y REBOLLEDO *con guitarras, y soldados.*

REBOLLEDO	Mejor estamos aquí, el sitio es más oportuno; tome rancho cada uno.	1285
«CHISPA»	¿Vuelve la música?	
REBOLLEDO	Sí.	
«CHISPA»	Ahora estoy en mi centro.	
DON ÁLVARO	¡Que no haya una ventana entreabierto esta villana!	1290
SARGENTO	Pues bien lo oyen allá dentro.	
«CHISPA»	Espera.	
SARGENTO	(Será a mi costa.) [*aparte*]	
REBOLLEDO	No es más de hasta ver quién es quien llega.	
«CHISPA»	¿Pues qué? ¿No ves un jinete de la costa?	1295

1282 *haciendo la deshecha.* «Hacer la deshecha» significa encubrir con astucia la intención de la salida del escenario.

1287 *tome rancho.* «Tomar rancho» quiere decir tomar lugar.

1296 *jinete de la costa.* Soldado a caballo armado de lanza y adarga, que defendía la zona litoral. Eran estos soldados muy aguerridos que vigilaban la costa de levante contra posibles desembarcos de piratas tunecinos y argelinos. Ironía. La facha de don Mendo, de acuerdo con su caracterización era más para hacer reír que para infundir miedo o respeto.

Salen DON MENDO *con adarga*, y* NUÑO.

DON MENDO   ¿Ves bien lo que pasa?

NUÑO   No,
                 no veo bien; pero bien
                 lo escucho.

DON MENDO   ¿Quién, cielos, quién
                 esto puede sufrir?

NUÑO   Yo.   1300

DON MENDO   ¿Abrirá acaso Isabel
                 la ventana?

NUÑO   Sí abrirá.

DON MENDO   No hará, villano.

NUÑO   No hará.

DON MENDO   ¡Ah celos, pena crüel!
                 Bien supiera yo arrojar   1305
                 a todos a cuchilladas
                 de aquí; mas disimuladas
                 mis desdichas han de estar
                 hasta ver, si ella ha tenido
                 culpa de ello.

NUÑO   Pues aquí   1310
                 nos sentemos.

DON MENDO   Bien. Así
                 estaré desconocido.

REBOLLEDO   Pues ya el hombre se ha sentado
                 (si ya no es, que ser ordena

---

* *adarga*. Escudo hecho de cueros.

1299 *¿Quién, cielos, quién*. Reduplicación y ecfonema.

1301-1302 *¿Abrirá... abrirá*. Epandiplosis.

1303 *No hará... No hará*. Epanadiplosis.

1310-1311 *Pues... sentemos*. Petición ridícula que contrasta con la gravedad que don Mendo trata de dar a sus asuntos y que paradójicamente será aceptada sin discusión.

1314 *ser ordena*. Transposición por ordena ser. En el sentido de «se trata de ser».

	algún alma que anda en pena	1315
	de las cañas que ha jugado	
	con su adarga a cuestas) da	
	voz al aire.	

«Chispa»   Ya él la lleva.

Rebolledo   Va una jácara tan nueva,
                   que corra sangre.

«Chispa»   Sí hará.   1320

Salen DON LOPE *y* PEDRO CRESPO, *a un tiempo, con bro-*
                       queles *

«Chispa»   *«Érase cierto Sampayo*
[*cant.*]   *la flor de los andaluces,*

---

¹³¹⁵ *algún alma que anda en pena.* Era creencia popular que las
almas en pena o del purgatorio se aparecían a los humanos, especialmente a los parientes para pedirles rogativas. Cervantes en
la pieza *Pedro de Urdemalas* presenta a este personaje disfrazado
de alma del purgatorio para sacar dinero a la viuda Marina Sánchez. La apariencia demacrada de don Mendo y su figura estrafalaria sirven para que Rebolledo lo compare con humor con un
alma en pena, que ha muerto en un juego de cañas. Eran nume-
rosos los accidentes graves que ocurrían en la citada diversión.
También puede indicar el haber perdido en el juego, y por ello
su melancolía.

¹³¹⁶ *cañas.* El juego de cañas o varas se hacía a caballo y en él
participaban a menudo los que hacían de moros y los que representaban a los cristianos en unas escaramuzas en las que los con-
tendientes podían recibir peligrosos golpes y caídas.

¹³¹⁷ *adarga.* Véase la nota a la acotación precedente.

¹³¹⁹ *Va.* Apócope popular por «vaya». *jácara.* Canción del jaque. Véase la nota al v. 94.

* *broqueles.* Broquel es un arma defensiva, tipo de escudo hecho de madera y con borde de metal.

¹³²¹ *Sampayo.* También Zampayo. Personaje del *Entremés de
las jácaras,* oriundo de Jérez y que aparece en otras canciones
de rufianes. He aquí su descripción:

> con el fieltro hasta los ojos,
> con el vino hasta la boca,
> y el tabaco hasta el galillo,
> pardo albañal de la cholla,

> el jaque de mayor porte,
> y el jaque de mayor lustre;
> éste, pues, a la Chillona   1325
> topó un día...»

REBOLLEDO   No le culpen
la fecha, que el consonante
quiere que haya sido en lunes.

«CHISPA»   «Topó, digo, a la Chillona,
[cant.]   que, brindando entre dos luces, 1330
                 ocupaba con el Garlo

---

columpiando la estatura
y meciendo la persona,
Zampayo entró, el de Jerez,
en cas de Mari Pilonga.

(Ent. de las jácaras, XIV, 627 a.)

1323 *jaque.* Rufián de señalada reputación. *Jaque de mayor por-te, jaque de mayor lustre.* Expolición.

1325 *la Chillona.* Personaje de jácaras y bailes.

1326 *topó.* Por halló. «Topar» es una forma arcaica y popular, que Vera Tassis trató de evitar en más de una ocasión. Véa-se AZCM.

1326-1328 *No le culpen la fecha, que el consonante quiere que haya sido en lunes.* Eran usuales los juegos de palabras sobre la disculpa del poeta que dice algo forzado por la consonante. Luis Vélez de Guevara tiene un aviso en contra de tal práctica:

«ni que se disculpen sin disculparse diciendo:

porque un consonante obliga
a lo que el hombre no piensa».

(El diablo cojuelo, tranco X, Clásicos Castellanos, ed. F. Rodríguez Marín, pág. 217).

Consonante está empleado en sentido genérico y se refiere tanto a la rima en consonante, como a la asonante.

1330 *entre dos luces.* Quiere decir en el cambio de luces, es decir, al amanecer o anochecer. Aquí irónicamente se refiere al estado entre achispado y ebrio.

1331 *el Garlo.* Otro personaje rufianesco. Garlo es voz de germanía derivada de «garlar» o hablar sin discreción. Garlo equivale, por tanto, a hablador o *camelador*.

la casa de los azumbres.
El Garlo, que siempre fue
en todo lo que le cumple
rayo de tejado abajo,   1335
porque era rayo sin nube,
sacó la espada, y a un tiempo
un tajo y revés sacude.»

Acuchíllanlos DON LOPE y PEDRO CRESPO.

PEDRO CRESPO   Sería de esta manera.

DON LOPE   Que sería así no duden.   1340

Métenlos a cuchilladas y sale DON LOPE.

DON LOPE   ¡Gran valor! Uno ha quedado
                de ellos, que es el que está aquí.

Sale PEDRO CRESPO.

PEDRO CRESPO   Cierto es que el que queda ahí
                sin duda es algún soldado.

1332 *casa de los azumbres.* Expresión de germanía por taberna.
El azumbre es una medida anticuada de capacidad, aplicada comúnmente para la medida del vino. Equivale a dos litros y die-
ciséis mililitros.

1335 *rayo de tejado abajo.* Rápido como el rayo en sus movi-
mientos. Tejado en germanía significa, por tanto, «rayo de sombrero abajo», o sea, todo él. Se
insiste en la idea con una conmoración «porque era rayo sin
nube» (1336). La nube negra, el nublado, anuncia la tormenta y
por ende el rayo; pero en el caso del Garlo la rapidez de sus
movimientos ocurren sin previo aviso.

1338 *tajo y revés.* Contraste. El *tajo* es el corte que se da con
la espada moviendo el brazo de la derecha a la izquierda. El *revés* es cuando el corte se da de izquierda a derecha.

1339-1340 *Sería de esta manera, que sería así.* Conmoración. Parlamentos paralelos.

DON LOPE	Ni aun éste no ha de escapar 1345 sin almagre.
PEDRO CRESPO	Ni éste quiero que quede sin que mi acero la calle le haga dejar.
DON LOPE	¿No huís con los otros?
PEDRO CRESPO	¡Huid vos, que sabréis huir más bien! 1350

Riñen.

DON LOPE	¡Voto a Dios, que riñe bien!
PEDRO CRESPO	¡Bien pelea, voto a Dios!

Sale JUAN.

JUAN	(¡Quiera el cielo, que le tope!) Señor, a tu lado estoy.
DON LOPE	¿Es Pedro Crespo?
PEDRO CRESPO	Yo soy. 1355 ¿Es don Lope?
DON LOPE	Sí, es don Lope. ¿Que no habíais, no dijisteis, de salir? ¿Qué hazaña es ésta?

1345 *Ni... no.* Forma anticuada de la doble negación.

1345-1346 *Ni... éste... Ni éste.* Anáfora.

1346 *sin almagre.* Metáfora. Sin marca o señal sangrienta. «Almagre» es una tierra colorada que sirve para teñir.

1349 *¡Huid vos.* Según AZVTP. En AZCA dice *huid,* variante corrupta, como demuestra la rima de la redondilla.

1350-1351 *bien... bien.* Contraste por el sentido de los dos versos, pero no se evita la repetición premiosa.

1351-1352 *¡Voto a Dios... voto a Dios!* Repetición. Anadiplosis (*bien! ¡Bien*). Expolición.

1355-1356 *¿Es... don Lope.* Parlamentos paralelos.

| PEDRO CRESPO | Sean disculpa y respuesta hacer lo que vos hicisteis. | 1360 |

| DON LOPE | Aquesta era ofensa mía, vuestra no. |

| PEDRO CRESPO | No hay que fingir; que yo he salido a reñir por haceros compañía. |

Dentro, los SOLDADOS.

| SOLDADO 1.º | A dar muerte nos juntemos a estos villanos. | 1365 |

Salen DON ÁLVARO *y todos.*

| DON ÁLVARO | Mirad... |

| DON LOPE | ¿Aquí no estoy yo? Esperad. ¿De qué son estos extremos? |

| DON ÁLVARO | Los soldados han tenido, porque se estaban holgando en esta calle cantando sin alboroto y rüido, una pendencia, y yo soy quien los está deteniendo. | 1370 |

| DON LOPE | Don Álvaro, bien entiendo vuestra prudencia; y pues hoy aqueste lugar está en ojeriza, yo quiero excusar rigor más fiero; | 1375 |

[1360] *Hacer lo que vos hicisteis.* Derivación.
[1363-1364] *que yo he salido a reñir por haceros compañía.* Ironía.
[1369-1373] *Los soldados... una pendencia.* Obsérvese la violenta transposición del complemento directo en esta frase. El orden normal es «Los soldados han tenido *una pendencia,* porque se estaban...»
[1377] *aqueste.* Adjetivo demostrativo arcaico; por este.

126

	y pues amanece ya,	1380
	orden doy, que en todo el día,	
	para que mayor no sea	
	el daño, de Zalamea	
	saquéis vuestra compañía.	
	Y estas cosas acabadas,	1385
	no vuelvan a ser, porque	
	la paz otra vez pondré,	
	voto a Dios, a cuchilladas.	

DON ÁLVARO   Digo que aquesta mañana
              la compañía haré marchar.   1390
              (La vida me has de costar,   [*aparte*]
              hermosísima villana.)

Vanse DON ÁLVARO *y los* SOLDADOS

PEDRO CRESPO (Caprichudo es el don Lope;   [*aparte*]
              ya haremos migas los dos.)

DON LOPE   Veníos conmigo vos,   1395
              y solo ninguno os tope.
                                  Vanse.

Salen DON MENDO *y* NUÑO *herido.*

DON MENDO   ¿Es algo, Nuño, la herida?

NUÑO   Aunque fuera menor, fuera
              de mí muy mal recibida,
              y mucho más que quisiera.   1400

DON MENDO   Yo no he tenido en mi vida
              mayor pena ni tristeza.

NUÑO   Yo tampoco.

DON MENDO   Que me enoje

1394 *haremos migas.* «Hacer migas» quiere decir avenirse bien.
Véase la nota al v. 894.
1401 *Yo... Yo.* Anáfora.

	es justo. ¿Que su fiereza
	luego te dio en la cabeza? 1405
NUÑO	Todo este lado me coge.

Tocan.

DON MENDO	¿Qué es esto?
NUÑO	La compañía
	que hoy se va.
DON MENDO	Y es dicha mía,
	pues con esto cesarán
	los celos del capitán. 1410
NUÑO	Hoy se ha de ir en todo el día.

Salen DON ÁLVARO *y el* SARGENTO.

DON ÁLVARO	Sargento, vaya marchando,
	antes que decline el día,
	con toda la compañía,
	y con prevención que, cuando 1415
	se esconda en la espuma fría
	del océano español
	ese luciente farol,
	en ese monte le espero,
	porque hallar mi vida quiero 1420
	hoy en la muerte del sol.
SARGENTO	Calla, que está aquí un figura
	del lugar.

[1417] *océano español.* Referencia al océano Atlántico. Alusión.

[1420-1421] *porque hallar mi vida quiero hoy en la muerte del sol.*
Paradoja. Ejemplo de la técnica del *claroscuro.* Don Álvaro va a
encontrar su vida o felicidad de amante en las sombras, ya que
sus fines no son honestos. El capitán obtiene la satisfacción eró-
tica mediante la violencia y con ella la muerte moral. El *sol* es
un símbolo positivo de vida, belleza y bondad en la poética neo-
platónica.

[1418] *luciente farol.* Metáfora; por sol.

[1422] *figura.* Véase la nota a la acotación en la pág. 12.

DON MENDO	Pasar procura,
	sin que entiendan mi tristeza.
	No muestres, Nuño, flaqueza. 1425
NUÑO	¿Puedo yo mostrar gordura?
	[*Vanse*]
DON ÁLVARO	Yo he de volver al lugar,
	porque tengo prevenida
	una crïada, a mirar
	si puedo por dicha hablar 1430
	a aquesta hermosa homicida.
	Dádivas han granjeado,
	que apadrine mi cuidado.
SARGENTO	Pues, señor, si has de volver,
	mira que habrás menester 1435
	volver bien acompañado,
	porque al fin no hay que fïar
	de villanos.
DON ÁLVARO	Ya lo sé.
	Algunos puedes nombrar,
	que vuelvan conmigo.
SARGENTO	Haré 1440
	cuanto me quieras mandar.
	Pero ¿si acaso volviese
	don Lope, y te conociese
	al volver?
DON ÁLVARO	Ese temor

1425 *No muestres, Nuño, flaqueza*. Dilogía presentada con la respuesta de Nuño («¿Puedo yo mostrar gordura?»). Don Mendo indica al criado que no manifieste falta de esfuerzo o valor; Nuño con su humor travieso alude por contraste al otro sentido de la palabra, el de tener pocas carnes.

1427-1433 *Yo he de volver... cuidado*. Véase la nota a los versos 896-897.

1431 *hermosa homicida*. Alusión. Don Álvaro se refiere a Isabel en lengua de amor cortés. Isabel al haber enamorado al capitán y no corresponderle le ha dado muerte como amante.

1444-1453 *Ese temor... está*. Calderón explica con detalle la acción y las razones de lo que ocurre y en la forma en que esto

| | quiso también que perdiese   1445 |
| | en esta parte mi amor; |

quiso también que perdiese 1445
en esta parte mi amor;
que don Lope se ha de ir
hoy también a prevenir
todo el tercio a Guadalupe;
que todo lo dicho supe, 1450
yéndome ahora a despedir
de él; porque ya el Rey vendrá,
que puesto en camino está.

SARGENTO Voy, señor, a obedecerte.

DON ÁLVARO Que me va la vida, advierte. 1455
                    Vase [*el* SARGENTO].

Salen REBOLLEDO [*y la* «CHISPA»].

REBOLLEDO Señor, albricias me da.

DON ÁLVARO ¿De qué han de ser, Rebolledo?

REBOLLEDO Muy bien merecerlas puedo,
                    pues solamente te digo...

DON ÁLVARO ¿Qué?

REBOLLEDO   que ya hay un enemigo 1460
                    menos a quien tener miedo.

DON ÁLVARO ¿Quién es? Dilo presto.

REBOLLEDO   Aquel
                    mozo, hermano de Isabel.
                    Don Lope se le pidió

---

acaece. Este parlamento pone de manifiesto la causa de la ausencia de don Lope. También prepara la venida del rey para
el final de la pieza.

1449 *Guadalupe*. Véase la nota al v. 146.

1462-1471 *Aquel... soldado*. Alusión. Juan ha sido aceptado por
don Lope para entrar en el ejército a su servicio. Obsérvese el
juego de paralelismos de expresión. Cuando Juan vio al capitán
por vez primera utilizó los mismos adjetivos descriptivos que los
que ahora usa Rebolledo para referirse al joven Crespo *(galán,
alentado)*.

	al padre, y él se le dio,	1465
	y va a la guerra con él.	
	En la calle le he topado	
	muy galán, muy alentado,	
	mezclando a un tiempo, señor,	
	rezagos de labrador	1470
	con primicias de soldado.	
	De suerte que el viejo es ya	
	quien pesadumbre nos da.	
Don Álvaro	Todo nos sucede bien,	
	y más, si me ayuda quien	1475
	esta esperanza me da	
	de que esta noche podré	
	hablarla.	
Rebolledo	No pongas duda.	
Don Álvaro	Del camino volveré;	
	que ahora es razón que acuda	1480
	a la gente, que se ve	
	ya marchar. Los dos seréis	
	los que conmigo vendréis.	

Vase.

Rebolledo	Pocos somos, vive Dios,	
	aunque vengan otros dos,	1485
	otros cuatro y otros seis.	
«Chispa»	Y yo, si tú has de volver	
	allá, ¿qué tengo de hacer?	
	Pues no estoy segura yo,	
	si da conmigo el que dio	1490
	al barbero que coser.	
Rebolledo	No sé qué he de hacer de ti.	
	¿No tendrás ánimo, di,	
	de acompañarme?	

[1489-91] *Pues no... coser.* Alusión al rufián que no quiso pagar el barato. Véase la nota a los vv. 1052-1053.

«CHISPA»	¿Pues no?
	Vestido no tengo yo; 1495
	ánimo y esfuerzo, sí.

REBOLLEDO	Vestido no faltará;
	que ahí otro del paje está
	de jineta, que se fue.

| «CHISPA» | Pues yo a la par pasaré 1500 |
| | con él. |

| REBOLLEDO | Vamos, que se va |
| | la bandera. |

«CHISPA»	Y yo veo ahora,
[canta]	porque en el mundo he cantado,
	que el amor del soldado
	no dura un hora. 1505

Vanse, y salen DON LOPE, PEDRO CRESPO *y* JUAN, *su hijo.*

DON LOPE	A muchas cosas os soy
	en extremo agradecido;
	pero, sobre todas, ésta
	de darme hoy a vuestro hijo
	para soldado, en el alma 1510
	os la agradezco y estimo.

| PEDRO CRESPO | Yo os le doy para crïado. |

| DON LOPE | Yo os le llevo para amigo; |
| | que me ha inclinado en extremo |

1497-1499 *Vestido... fue.* Rebolledo indica aquí que la Chispa los acompañará en un traje de muchacho. *Paje de jineta* era el del paje de un capitán de infantería, y llevaba la jineta o distintivo del empleo del superior. Ésta consistía en una lanza corta con una borla.

1502 *bandera.* División administrativa del tercio.

1504-1505 *que el amor de un soldado no dura un hora.* Refrán para cantar. Correas en su *Vocabulario...* Incluye la variante siguiente: «El amor del soldado no es más de una hora, que en tocando la caja y a Dios, señora.»

1512-1513 *Yo os - Yo os...* Anáfora que introduce un contraste.

	su desenfado y su brío,	1515
	y la afición a las armas.	
JUAN	Siempre a vuestros pies rendido	
	me tendréis, y vos veréis	
	de la manera que os sirvo,	
	procurando obedeceros	1520
	en todo.	
PEDRO CRESPO	Lo que os suplico	
	es que perdonéis, señor,	
	si no acertare a serviros;	
	porque en el rústico estudio,	
	adonde rejas y trillos,	1525
	palas, azadas y bieldos	
	son nuestros mejores libros,	
	no habrá podido aprender	
	lo que en los palacios ricos	
	enseña la urbanidad	1530
	política de los siglos.	
DON LOPE	Ya que va perdiendo el sol	
	la fuerza, irme determino.	
JUAN	Veré si viene, señor,	
	la litera.	

Vase.

Salen INÉS *e* ISABEL.

[1524-1531] *porque en el rústico... de los siglos.* Se establece una vez más la oposición entre corte y aldea. La manera natural de la vida de Juan no le ha dado ocasión de aprender las fórmulas de cortesanía utilizadas en palacio.

[1532-1533] *Ya que... determino.* Alusión al tiempo de la acción. También se hace referencia, en la técnica de claroscuro indicada, a la próxima ausencia de la justicia que va a ocurrir, representada por el personaje don Lope.

[1535] *litera.* Vehículo antiguo, capaz para una o dos personas, a manera de caja de coche, con dos varas laterales que se afianzaban a dos caballerías; éstas iban una delante del carruaje y la otra detrás.

ISABEL	¿Y es bien iros,	1535
	sin despediros de quien	
	tanto desea serviros?	
DON LOPE	No me fuera sin besaros	
	las manos y sin pediros	
	que liberal perdonéis	1540
	un atrevimiento digno	
	de perdón, porque no el precio	
	hace el don, sino el servicio.	
	Esta venera que, aunque	
	está de diamantes ricos	1545
	guarnecida, llega pobre	
	a vuestras manos, suplico	
	que la toméis y traigáis	
	por patena en nombre mío.	
ISABEL	Mucho siento que penséis,	1550
	con tan generoso indicio,	
	que pagáis el hospedaje,	
	pues, de honra que recibimos,	
	somos los deudores.	
DON LOPE	Esto	
	no es paga, sino cariño.	1555
ISABEL	Por cariño, y no por paga,	
	solamente la recibo.	
	A mi hermano os encomiendo,	
	ya que tan dichoso ha sido	
	que merece ir por crïado	1560
	vuestro.	
DON LOPE	Otra vez os afirmo	
	que podéis descuidar de él;	
	que va, señora, conmigo.	

[1544] *venera.* Joya que representa la insignia en forma de concha de los caballeros de Santiago.

[1544-1547] *aunque... manos.* Hipérbole cortesana.

[1549] *patena.* Por medalla.

[1550-1554] *Mucho... deudores.* Isabel se expresa aquí en términos cortesanos que indican singular discreción.

Sale JUAN.

JUAN	Ya está la litera puesta.
DON LOPE	Con Dios os quedad.
PEDRO CRESPO	El mismo 1565 os guarde.
DON LOPE	¡Ah, buen Pero Crespo!
PEDRO CRESPO	¡Oh, señor don Lope invicto!
DON LOPE	¿Quién nos dijera aquel día primero que aquí nos vimos, que habíamos de quedar 1570 para siempre tan amigos?
PEDRO CRESPO	Yo lo dijera, señor, si allí supiera, al oiros, que érais...
DON LOPE	Decid por mi vida.
PEDRO CRESPO	Loco de tan buen capricho. 1575 *Vase* [DON LOPE]. En tanto que se acomoda [*a* JUAN]

1564 *litera.* Véase la nota al v. 1535.

1565-1567 *Con Dios... invicto!* Parlamentos paralelos.

1568-1571 *¿Quién nos dijera... tan amigos?* Peripecia. Expresa la amistad de los dos personajes en un momento de clímax que va a contrastar con el antagonismo que sobrevendrá a causa de los acontecimientos del acto tercero.

1574 *Decid por mi vida.* Según AZCA 1653. En AZCA dice «por vida mía», errata observable por el número de sílabas del verso.

1576-1638 *En tanto que se acomoda... que me enternezco en hablarte.* Pedro Crespo da unos consejos a su hijo, en los que se revela como hombre de profundos sentimientos y de natural inteligencia. El parlamento abunda en conceptos y sentencias, y responde a un tipo dramático de antiguo abolengo en el que el poeta trata de conmover al público con unas apropiadas y sesudas razones que pronuncia el personaje viejo en el momento de despedirse del vástago querido. Pedro Crespo le recomienda a su hijo que actúe de acuerdo con su situación social, y que sea humilde y no altivo, cortés y liberal, que hable bien de las mujeres

el señor don Lope, hijo,
ante tu prima y tu hermana,
escucha lo que te digo.
Por la gracia de Dios, Juan,   1580
eres de linaje limpio,
más que el sol, pero villano.
Lo uno y otro te digo;
aquello, porque no humilles
tanto tu orgullo y tu brío,   1585
que dejes, desconfïado,
de aspirar con cuerdo arbitrio
a ser más; lo otro, porque
no vengas desvanecido
a ser menos. Igualmente   1590
usa de entrambos designios
con humildad; porque, siendo
humilde, con cuerdo arbitrio
acordarás lo mejor
y como tal, en olvido   1595
pondrás cosas, que suceden
al revés en los altivos.
¡Cuántos, teniendo en el mundo
algún defecto consigo,

---

y que no riña sin causa fundada. El tono es enfático y pomposo
como corresponde a generalizaciones sobre la conducta. Shakes-
peare utilizó una situación dramática similar en *The Tragicall
Historie of Hamlet, Prince of Denmark,* en donde Polonio amo-
nesta a su hijo Laertes, cuando éste se despide para emprender su
viaje a Francia. (Véase la ed. de Tucker Brooke y Jack R. Craw-
ford, Yale University Press, New Haven, 1947.)

[1581] *de linaje limpio.* De buena casta, cristiano viejo, sin mezcla
de sangre judía o mora. Peribáñez se presenta ante el rey en la
conocida pieza de Lope de Vega y se describe a sí mismo con
estas palabras:

> ...... Yo soy un hombre
> aunque, de villana casta,
> limpio de sangre, y jamás
> de hebrea o mora manchada.

(Ed. J. M. Blecua, Ebro, Zaragoza, 1959.)

[1582] *sol.* La palabra *sol* como símbolo de nobleza.

le han borrado por humildes;   1600
y cuántos, que no han tenido
defecto, se le han hallado,
por estar ellos mal vistos!
Sé cortés sobre manera;
sé liberal y partido,   1605
que el sombrero y el dinero
son los que hacen los amigos;
y no vale tanto el oro,
que el sol engendra en el indio
suelo, y que consume el mar,   1610
como ser uno bienquisto.
No hables mal de las mujeres;
la más humilde, te digo,
que es digna de estimación;
porque al fin de ellas nacimos.   1615
No riñas por cualquier cosa;
que cuando en los pueblos miro
muchos, que a reñir se enseñan,
mil veces entre mí digo:
«Aquesta escuela no es   1620
la que ha de ser»; pues colijo
que no ha de enseñarse a un hombre
con destreza, gala y brío
a reñir, sino a por qué
ha de reñir; que yo afirmo,   1625
que, si hubiera un maestro solo
que enseñara prevenido,
no el cómo, el por qué se riña,
todos le dieran sus hijos.
Con esto, y con el dinero   1630
que llevas para el camino,
y para hacer, en llegando
de asiento, un par de vestidos,
al amparo de don Lope
y mi bendición, yo fío   1635

[1605] *liberal y partido*. Sinonimia. *Partido* quiere decir que reparte con otros lo que tiene.

	en Dios, que tengo de verte en otro puesto. Adiós, hijo: que me enternezco en hablarte.	
JUAN	Hoy tus razones imprimo en el corazón, adonde vivirán, mientras yo vivo. Dame tu mano. Y tú, hermana, los brazos; que ya ha partido don Lope mi señor, y es fuerza alcanzarlo.	1640
ISABEL	Los míos bien quisieran detenerte.	1645
JUAN	Prima, adiós.	
INÉS	Nada te digo con la voz, porque los ojos hurtan a la voz su oficio. Adiós.	
PEDRO CRESPO	¡Ea, vete presto! que cada vez, que te miro, siento más el que te vayas, y ha de ser, porque lo he dicho.	1650
JUAN	El cielo con todos quede. *Vase.*	
PEDRO CRESPO	El cielo vaya contigo.	1655
ISABEL	¡Notable crueldad has hecho!	
PEDRO CRESPO	Ahora, que no le miro, hablaré más consolado. ¿Qué había de hacer conmigo, sino ser toda su vida un holgazán, un perdido? Váyase a servir al Rey.	1660

1636 *tengo de verte.* Forma arcaica por «tengo que verte».
1661 *un holgazán, un perdido.* Sinonimia.

ISABEL	Que de noche haya salido,
	me pesa a mí.

PEDRO CRESPO	Caminar
	de noche por el estío, 1665
	antes es comodidad,
	que fatiga; y es preciso,
	que a don Lope alcance luego
	al instante. (Enternecido [aparte]
	me deja, cierto, el muchacho, 1670
	aunque en público me animo.)

| ISABEL | Éntrate, señor, en casa. |

INÉS	Pues sin soldados vivimos,
	estémonos otro poco
	gozando a la puerta el frío 1675
	viento que corre; que luego
	saldrán por ahí los vecinos.

PEDRO CRESPO	(A la verdad, no entro dentro,
	[aparte]
	porque desde aquí imagino,
	como el camino blanquea, 1680
	veo a Juan en el camino.)
	Inés, sácame a esta puerta
	asiento.

| INÉS | Aquí está un banquillo. |

ISABEL	Esta tarde diz que ha hecho
	la villa elección de oficios. 1685

---

¹⁶⁶³⁻¹⁶⁶⁴ *Que de noche haya salido, me pesa a mí*. Hipérbaton.
¹⁶⁷¹ *aunque*. Según AZCVTM. En AZCA dice «aun», errata.
¹⁶⁷³⁻¹⁶⁷⁶ *Pues sin soldados... que corre*. Ironía dramática. Inés insta a su familia a que permanezca a la puerta de la casa, tomando el fresco, pues los soldados han marchado ya de Zalamea. Al obtener su deseo facilita sin quererlo el rapto de su prima.
¹⁶⁷⁸ *entro dentro*. Aliteración.
¹⁶⁸⁰⁻¹⁶⁸¹ *el camino blanquea... en el camino*. Repetición.
¹⁶⁸⁴ *diz*. Forma apocopada popular por dice, usada cuando va seguida de la conjunción que.
¹⁶⁸⁴⁻¹⁶⁸⁷ *Esta tarde... se hace*. Preparación de la elección de Pedro Crespo como alcalde de Zalamea de la Serena. Incluye el

PEDRO CRESPO	Siempre aquí por el agosto
	se hace.

Salen DON ÁLVARO, *el* SARGENTO, REBOLLEDO,
la «CHISPA», *soldados.*

DON ÁLVARO	Pisad sin rüido.
	Llega, Rebolledo, tú,
	y da a la crïada aviso
	de que ya estoy en la calle. 1690
REBOLLEDO	Yo voy. Mas ¿qué es lo que miro?
	A su puerta hay gente.
SARGENTO	Y yo
	en los reflejos y visos,
	que la luna hace en el rostro,
	que es Isabel, imagino, 1695
	ésta.
DON ÁLVARO	Ella es; más que la luna,
	el corazón me lo ha dicho.
	A buena ocasión llegamos.
	Si ya, que una vez venimos,
	nos atrevemos a todo, 1700
	buena venida habrá sido.
SARGENTO	¿Estás para oír un consejo?
DON ÁLVARO	No.
SARGENTO	Pues ya no te lo digo.
	Intenta lo que quisieres.
DON ÁLVARO	Yo he de llegar y atrevido 1705
	quitar a Isabel de allí.
	Vosotros a un tiempo mismo
	impedid a cuchilladas
	el que me sigan.

---

detalle de que las elecciones se hacen en agosto. En general, la
alcaldía era un puesto ocupado por designación.

1689 *criada.* Véase la nota a los vv. 896-897.

1693 *reflejos y visos.* Sinonimia.

1703 *lo.* En AZCA dice «le», leísmo. Véase la nota al v. 124.

SARGENTO	Contigo
	venimos y a tu orden hemos 1710
	de estar.
DON ÁLVARO	Advertid, que el sitio,
	en que habemos de juntarnos,
	es ese monte vecino,
	que está a la mano derecha,
	como salen del camino. 1715
REBOLLEDO	¡Chispa!
«CHISPA»	¿Qué?
REBOLLEDO	Ten estas capas.
«CHISPA»	Que es del reñir, imagino,
	la gala, el guardar la ropa,
	aunque del nadar se dijo.
DON ÁLVARO	Yo he de llegar el primero. 1720
PEDRO CRESPO	Harto hemos gozado el sitio.
	Entrémonos allá dentro.
DON ÁLVARO	Ya es tiempo. ¡Llegad, amigos!
ISABEL	¡Ah, traidor! —¡Señor! ¿Qué es
	[esto?
DON ÁLVARO	Es una furia, un delirio 1725
	de amor.

Llévanla.

ISABEL [*dentro*]	¡Ah, traidor! —¡Señor!
PEDRO CRESPO	¡Ah, cobardes!

1717-1719 *Que es... se dijo.* Se hace referencia al refrán «La gala del nadar es saber guardar la ropa», que significa que «en cualquier cosa o negocio lo más preciso es atender a no padecer algún daño o detrimento» (DA).
1724-1726 *¡Ah, traidor! ¡Señor!* Anáfora.
1725 *una furia, un delirio.* Sinonimia.

INÉS	¡Señor mío,

yo quiero aquí retirarme!

[*Vase*]

PEDRO CRESPO Como echáis de ver, ¡ah, impíos!,
que estoy sin espada, aleves, 1730
falsos y traidores!

REBOLLEDO Idos,
si no queréis que la muerte
sea el último castigo.

PEDRO CRESPO ¿Qué importará, si está muerto
mi honor, el quedar yo vivo? 1735
¡Ah, quién tuviera una espada!
Cuando sin armas te sigo
es imposible. Ya airado
a ir por ella me animo.
¡Los he de perder de vista! 1740
¡¿Qué he hacer hados esquivos
que de cualquiera manera
es uno solo el peligro?!

Sale INÉS *con la espada.*

INÉS Ésta, señor, es tu espada. [*Vase*]

PEDRO CRESPO A buen tiempo la has traído. 1745
Ya tengo honra, pues ya tengo
espada con que seguirlos.
Soltad la presa, traidores
cobardes, que habéis traído,
que he de cobrarla o la vida 1750
he de perder.

---

¹⁷³⁴⁻¹⁷³⁵ *¿Qué importará... yo vivo?* La pérdida del honor con
la de la reputación traía la muerte espiritual del ofendido. ·
¹⁷⁴⁶⁻¹⁷⁴⁷ *Ya tengo honra, pues ya tengo espada.* La desgracia de
la deshonra podía lavarse con el castigo del ofensor mediante el
duelo o la venganza sangrienta.
¹⁷⁴⁹ *traído.* En el sentido arcaico de llevado.

| SARGENTO | Vano ha sido [*riñen*] |
| | tu intento, que somos muchos. |

PEDRO CRESPO	Mis males son infinitos,
	y riñen todos por mí.
	Pero la tierra que piso 1755
	me ha faltado.

Cae.

| REBOLLEDO | ¡Dale muerte! |

SARGENTO	Mirad, que es rigor impío
	quitarle vida y honor;
	mejor es en lo escondido
	del monte dejarle atado, 1760
	porque no lleve el aviso.

| ISABEL [*dentro*] | ¡Padre y señor! |

| PEDRO CRESPO | ¡Hija mía! |

| REBOLLEDO | Retírale, como has dicho. |

| PEDRO CRESPO | Hija, solamente puedo |
| | seguirte con mis suspiros. 1765 |

[*Llévanle*]

Sale JUAN.

| ISABEL [*dentro*] | ¡Ay de mí! |

| JUAN | ¡Qué triste voz! |

| PEDRO CRESPO [*dentro*] | ¡Ay de mí! |

JUAN	¡Mortal gemido!
	A la entrada de este monte
	cayó mi rocín conmigo,

1766-1767 *¡Ay de mí!... gemido!* Anáfora y conmoración.

1769 *cayó mi rocín conmigo.* La caída del caballo es una figura emblemática que augura desgracias, debido a la falta de gobierno de las pasiones.

veloz corriendo, y yo ciego   1770
por la maleza le sigo.
Tristes voces a una parte,
y a otra míseros gemidos
escucho, que no conozco,
porque llegan mal distintos.   1775
Dos necesidades son
las que apellidan a gritos
mi valor; y pues iguales,
a mi parecer, han sido,
y uno es hombre, otro mujer, 1780
a seguir ésta me animo;
que así obedezco a mi padre
en dos cosas que me dijo
«reñir con buena ocasión,
y honrar la mujer», pues miro, 1785
que así honro a la mujer,
y con buena ocasión riño.

1772-1781 *Tristes voces... me animo.* Dilema dramático entre dos
deberes; aquí planteado por las voces que piden ayuda en distintas direcciones. Juan elige equivocadamente por ironía dramática,
pues acude a las quejas de Isabel y al reconocer la ofensa se
juzgará forzado a la venganza.

JORNADA TERCERA

Sale ISABEL *como llorando.*

ISABEL

Nunca amanezca a mis ojos
la luz hermosa del día,
porque a su sombra no tenga   1790
vergüenza yo de mí misma.
¡Oh tú, de tantas estrellas
primavera fugitiva,
no des lugar a la aurora,
que tu azul campaña pisa,   1795

---

¹⁷⁸⁸⁻¹⁷⁹¹ *Nunca... misma.* Súplica de Isabel expresada en la téc-
nica de claroscuro, basada aquí en el contraste «luz hermosa-
sombra». La luz del día iluminará paradójicamente la sombra de
su deshonra. El sol y la luz son símbolos de bondad, belleza y
nobleza. La *sombra* indica la falta de esas cualidades, e Isabel al
perder la honra ha malogrado la noble armonía de su espíritu.
Frente al orden de la creación irradiado por la *luz*, lo feo, lo
caótico, lo ignominioso, la distorsión de las fuerzas fatales, representado por la *sombra*.

¹⁷⁹²⁻¹⁷⁹³ *¡Oh tú, de tantas estrellas primavera fugitiva.* Apóstro-
fe dirigido a las estrellas que lucen hasta la venida del día; a las
que pide que no dejen a la Aurora que traiga al Sol que va a
borrar su «apacible vista». La luz de las estrellas es mansa y
dulce comparada con la del astro diurno, pero además lo es especialmente para Isabel, pues no ilumina su oprobio. La retórica
de estos versos presenta una prosopopeya o personificación.

¹⁷⁹⁵ *azul campaña.* Metáfora por cielo. Era usual comparar el
cielo estrellado con un campo de flores. Calderón dice de las estrellas que «flores nocturnas son» (*El príncipe constante*, v. 1700).

145

para que con risa y llanto
borre tu apacible vista!
Y ya que ha de ser, que sea
con llanto, mas no con risa.
¡Detente, oh mayor planeta,   1800
más tiempo en la espuma fría
del mar! Deja que una vez
dilate la noche fría
su trémulo imperio; deja
que de tu deidad se diga,   1805
atenta a mis ruegos, que es
voluntaria y no precisa!
¿Para qué quieres salir
a ver en la historia mía
la más enorme maldad,   1810
la más fiera tiranía,
que en venganza de los hombres
quiere el cielo que se escriba?
Mas ¡ay de mí! que parece
que es fiera tu tiranía;   1815

[1796] *Risa y llanto*. Contraste. La risa es suscitada por la alegría
de la llegada del día, el llanto por la despedida de la noche. El
llanto hace referencia también a la desgracia de la deshonra de
Isabel, como se infiere de los vv. 1798-1799.

[1800] *¡Detente, oh mayor planeta*. Apóstrofe. Fórmula arcaica
con la que se dirige al sol, «el principal de los siete planetas, rey
de los astros y la antorcha más brillante de los cielos que nos
alumbra y vivifica» (DA). El llamar planeta al sol venía de la
tradición ptolomeica de valor poético-mítico, aunque no científico.

[1802] *Deja…* Apóstrofe.

[1803] *noche fría*. En AZCVTM dice «esquiva» por fría, para evitar la repetición con *espuma fría* (v. 1801). Corrección gratuita,
pues Calderón utilizó con mucha frecuencia la repetición, hasta el
punto de que constituye un rasgo significativo de su estilo.

[1804] *deja…* Apóstrofe. Repetición (véase el v. 1802).

[1808-1813] *¿Para qué… se escriba?* Pregunta retórica o erotema.

[1810-1811] *la más enorme maldad, la más fiera tiranía.* Hipérbole,
basada en imágenes analógicas de expolición.

[1814] *¡Ay de mí!* Ecfonema.

[1815] *que es fiera tu tiranía*. En AZCVTM se dice «que es cruel
tu tiranía», y en AZCVA, «que es crueldad tu tiranía». Ambas
son correcciones innecesarias.

pues desde que te rogué
que te detuvieses, miran
mis ojos tu faz hermosa
descollarse por encima
de los montes. ¡Ay de mí,   1820
que acosada y perseguida
de tantas penas, de tantas
ansias, de tantas impías
fortunas, contra mi honor
se han conjurado tus iras!   1825
¿Qué he de hacer? ¿Dónde he de ir?
Si a mi casa determinan
volver mis erradas plantas,
será dar nueva mancilla
a un anciano padre mío,   1830
que otro bien, otra alegría
no tuvo, sino mirarse
en la clara luna limpia
de mi honor, que hoy desdichado
tan torpe mancha le eclipsa.   1835
Si dejo, por su respeto
y mi temor afligida,
de volver a casa, dejo
abierto el paso a que diga
que fui cómplice en mi infamia; 1840
y ciega e inadvertida
vengo a hacer de la inocencia
acreedora a la malicia.
¡Qué mal hice, qué mal hice
de escaparme fugitiva   1845

[1818] *faz hermosa.* Metáfora por el sol, que subraya el símbolo de la belleza.

[1820] *¡Ay de mí!* Repetición de la interjección del v. 1814.

[1822-1824] *de tantas... fortunas. De tantas...* Anadiplosis y anáfora que introducen una conmoración hiperbólica.

[1833-1834] *luna limpia de mi honor.* Metáfora. El honor de Isabel es como una luna que gira alrededor de su centro el honor sol de su padre.

[1836-1838] *Si dejo... dejo.* Epanadiplosis.

[1844] *¡Qué mal hice, qué mal hice.* Reduplicación.

	de mi hermano! ¿No valiera	
	más que su cólera altiva	
	me diera la muerte, cuando	
	llegó a ver la suerte mía?	
	Llamarle quiero, que vuelva	1850
	con saña más vengativa,	
	y me dé muerte. Confusas	
	voces el eco repita,	
	diciendo...	
PEDRO CRESPO	Vuelve a matarme,	
[dentro]	serás piadoso homicida;	1855
	que no es piedad, no, dejar	
	a un desdichado con vida.	
ISABEL	¿Qué voz es esta, que mal	
	pronunciada y poco oída	
	no se deja conocer?	1860
PEDRO CRESPO	Dadme muerte, si os obliga	
	ser piadosos.	
ISABEL	¡Cielos, cielos!	
	Otro la muerte apellida,	
	otro desdichado hay,	
	que hoy a pesar suyo viva.	1865
	Mas ¿qué es lo que ven mis ojos?	

Descúbrese CRESPO *atado.*

PEDRO CRESPO	Si piedades solicita	
	cualquiera que apueste monte	
	temerosamente pisa,	
	llegue a dar muerte... Mas ¡cielos!	
	[1870	
	¿qué es lo que mis ojos miran?	

1850-1876 *Llamarle quiero... mi hija viene.* Parlamentos que presentan dos situaciones dramáticas que son similares y paralelas.
1862 *¡Cielos, cielos!* Reduplicación.
1870 *¡cielos!* Ecfonema.

ISABEL	Atadas atrás las manos a una rigurosa encina...
PEDRO CRESPO	Enterneciendo los cielos con las voces que apellida... 1875
ISABEL	... mi padre está.
PEDRO CRESPO	... mi hija viene.
ISABEL	¡Padre y señor!
PEDRO CRESPO	¡Hija mía! Llégate, y quita estos lazos.
ISABEL	No me atrevo; que si quitan los lazos, que te aprisionan, 1880 una vez las manos mías, no me atreveré, señor, a contarte mis desdichas, a referirte mis penas; porque, si una vez te miras 1885 con manos y sin honor, me darán muerte tus iras, y quiero, antes que las veas, referirte a mis fatigas.
PEDRO CRESPO	Detente, Isabel, detente, 1890 No prosigas; que desdichas, Isabel, para contarlas, no es menester referirlas.
ISABEL	Hay muchas cosas que sepas, y es forzoso que al decirlas 1895

1877 *¡Padre y señor!* Sinonimia.

1883-1884 *a contarte... penas.* Conmoración. *Desdichas... penas.* Sinonimia.

1890 *Detente, Isabel, detente.* Epanadiplosis.

1893 *referirlas.* Semantema arcaico por «hacer detallada relación».

1894 *Hay muchas cosas que sepas.* Elipsis de «que quiero» («que quiero que sepas»).

tu valor se irrite, y quieras
vengarlas antes de oírlas.
Estaba anoche gozando
la seguridad tranquila,
que al abrigo de tus canas   1900
mis años me prometían,
cuando aquellos embozados
traidores —que determinan
que lo que el honor defiende
el atrevimiento rinda—   1905
me robaron; bien así,
como de los pechos quita
carnicero hambriento lobo
a la simple corderilla.
Aquel capitán, aquel   1910
huésped ingrato, que el día
primero introdujo en casa
tan nunca esperada cisma
de traiciones y cautelas,
de pendencias y rencillas,   **1915**
fue el primero que en sus brazos

[1896] *se irrite.* Según AZCVTM. En AZCA dice «te irrite», errata.

[1898-2053] *Estaba anoche... mis desdichas.* Largo parlamento de valor primordialmente narrativo. Comienza con la recapitulación de los últimos acontecimientos del acto segundo, contados desde el punto de vista de Isabel, y se continúa con la información de lo acaecido hasta el momento del comienzo del acto tercero, es decir, explica al auditorio lo sucedido fuera de escena.

[1900] *que al abrigo de tus canas.* Sinécdoque. *De tus canas* por «tuyo» («que al abrigo tuyo»).

[1906-1909] *bien así, como... corderilla.* Comparación parabólica de abolengo clásico. Alonso de Ercilla utiliza la comparación en *La Araucana:*

Como las corderillas temerosas
de las queridas madres apartadas...

[1910] *Aquel capitán, aquel.* Epanadiplosis.
[1913] *cisma.* Utilizado como femenino por influencia popular.
[1914] *traiciones y cautelas.* Sinonimia.
[1915] *pendencias y rencillas.* Sinonimia.

me cogió, mientras le hacían
espaldas otros traidores,
que la bandera militan.
Aquese intrincado oculto   1920
monte, que está a la salida
del lugar, fue su sagrado.
¿Cuándo de la tiranía
no son sagrados los montes?
Aquí ajena de mí misma   1925
dos veces me miré, cuando
aun tu voz, que me seguía,
me dejó, porque ya el viento
a quien tus acentos fías,
con la distancia, por puntos   1930
adelgazándose iba;
de suerte, que las que eran
antes razones distintas,
no eran voces, sino ríos;
luego en el viento esparcidas,   1935
no eran voces, sino ecos
de unas confusas noticias;
como aquel que oye un clarín,
que, cuando de él se retira,
le queda por mucho rato,   1940
si no el ruido, la noticia.
El traidor pues, en mirando

[1917-1918] *hacían espaldas.* En el sentido de «resguardar y encubrir a uno, ayudándole».

[1919] *bandera.* Véase la nota al v. 1502.

[1920] *Aquese.* Adjetivo demostrativo arcaico por «ese».

[1921] *monte.* En la simbología calderoniana, el monte se utiliza como lugar en donde ocurren los delitos Escenario del caos y el desorden.

[1922] *sagrado.* Véase la nota al v. 683.

[1923-1924] *¿Cuándo... montes?* Erotema que subraya el significado simbólico del «monte».

[1934-1936] *No eran voces..., no eran voces.* Anáfora. *sino ríos... sino ecos.* Metáforas. Se comparan las voces que se pierden en la lejanía con el murmullo impreciso que hace la corriente de un río y con ecos ininteligibles.

que ya nadie hay quien le siga,
que ya nadie hay que me ampare,
porque hasta la luna misma   1945
ocultó entre pardas sombras,
o crüel o vengativa,
aquella ¡ay de mí! prestada
luz, que del sol participa,
pretendió (¡ay de mí otra vez   1950
y otras mil!) con fementidas
palabras buscar disculpa
a su amor. ¿A quién no admira
querer de un instante a otro
hacer la ofensa caricia?   1955
¡Mal haya el hombre, mal haya
el hombre, que solicita
por fuerza ganar un alma!
Pues no advierte, pues no mira,
que las victorias de amor   1960
no hay trofeo en que consistan,
sino en granjear el cariño
de la hermosura que estiman;
porque querer sin el alma
una hermosura ofendida,   1965
es querer una belleza,

1943-1944 *que ya nadie hay... que ya nadie hay.* Anáfora.

1945-1953 *porque hasta... a su amor.* Retórica con la técnica de claroscuro. El capitán al abrigo de la oscuridad busca cumplir su deseo erótico por la persuasión. La falta de luz ayuda a su proyecto de acuerdo con el simbolismo de los contrarios *luz-sombra.*

1947 *o crüel o vengativa.* Sinonimia.

1948 *¡ay de mí!* Ecfonema.

1950-1951 *¡ay de mí otra vez y otras mil!* Repetición del ecfonema del v. 1948 con amplificación.

1955 *hacer la ofensa caricia.* Paradoja.

1956 *¡Mal haya el hombre, mal haya.* Epanadiplosis.

1959 *Pues no advierte, pues no mira.* Anáfora (*pues no*) y expolición.

1966 *una belleza.* Según AZCA. Vera Tassis cambió el verso con la variante «a una mujer», para evitar la repetición de *belleza* con *hermosa* (v. 1967), sin advertir que alteraba el sentido de la frase. La belleza adquirida, por la fuerza, al no lograr la volun-

hermosa, pero no viva!
¡Qué ruegos, qué sentimientos,
ya de humilde, ya de altiva,
no le dije! Pero en vano;   1970
pues ¡calle aquí la voz mía!,
soberbio ¡enmudezca el llanto!,
atrevido ¡el pecho gima!,
descortés ¡lloren los ojos!,
fiero, ¡ensordezca la envidia!, 1975
tirano, ¡falte el aliento!,
osado, ¡luto me vista!...,
y si lo que la voz yerra,
tal vez el acción explica.
De vergüenza cubro el rostro, 1980
de empacho lloro ofendida,
de rabia tuerzo las manos,
el pecho rompo de ira.
Entiende tú las acciones;
pues no hay voces que lo digan. 1985
Baste decir que a las quejas
de los vientos repetidas,
en que ya no pedía al cielo
socorro, sino justicia,
salió el alba, y con el alba,   1990

tad está muerta en sentido metafórico para el amante. Obsérvese la derivación conmorativa en los vv. 1963-1967 (la hermosura, una hermosura, belleza, hermosa).

[1971-1977] En estos versos Calderón alcanza las notas más paté-
ticas de su retórica en una serie de construcciones que imitan el
acusativo griego. En este pasaje, Calderón coloca expresiones que
dependen como complementos directos de adjetivos, constituyen-
do el momento de más artificiosidad de la pieza por la elaboración sintáctica.

[1979] *el acción*. Libertad poética. Se utiliza por influencia popular la forma masculina del artículo para evitar la sinalefa.

[1980-1983] *De vergüenza... ira*. Ejemplos de transposición. Enumeración de sentimientos vehementes con una alteración final en la
transposición (vergüenza, empacho, rabia e *ira*). Siguiendo una
tradición medieval, Isabel presenta el planto por la pérdida de
su honor con los acentos de una plañidera.

[1900-1992] *salió... ramas*. Se continúa el simbolismo de *luz-sombra*.

trayendo a la luz por guía,
sentí ruido entre unas ramas.
Vuelvo a mirar quién sería,
y veo a mi hermano, ¡ay cielos!
¿Cuándo, cuándo, ¡ah suerte im-
             [pía   1995
llegaron a un desdichado
los favores con más prisa?
Él, a la dudosa luz
que, si no alumbra, domina,
reconoce el daño antes   2000
que ninguno se lo diga
—que son linces los pesares,
que penetran con la vista—.
Sin hablar palabra, saca
el acero, que aquel día   2005
le ceñiste. El capitán,
que el tardo socorro mira
en mi favor, contra el suyo
saca la blanca cuchilla.
Cierra el uno con el otro;   2010
este repara, aquel tira;
y yo, en tanto que los dos

Al llegar la luz del sol, Isabel no puede ocultar su afrenta y es descubierta en el monte por su hermano.

1995 *¿Cuándo, cuándo.* Reduplicación o epímone.

1999 *si no alumbra, domina. Domina* en el sentido de que ilumina.

2001 *lo.* En AZCA dice «le», leísmo.

2002-2003 *que son linces... vista.* Metáfora para indicar que el pesar empieza con el conocimiento. El lince es un animal de vista muy aguda que penetra, adonde otros no llegan. Aquí los pesares son linces porque son descubiertos. Compárese con la metáfora de Lope de Vega en *Fuenteovejuna:*

¿Para que te escondes,
niña gallarda?
Que mis linces deseos
paredes pasan. (vv. 1566-1569).

2010 *Cierra.* Cerrar en el sentido de acometer con valentía.

2011 *repara.* Reparar significa aquí oponer defensa contra una estocada.

154

generosamente lidian,
viendo temerosa y ˈtriste,
que mi hermano no sabía,   2015
si tenía culpa o no,
por no aventurar mi vida
en la disculpa, la espalda
vuelvo, y por la entretejida
maleza del monte huyo;   2020
pero no con tanta prisa,
que no hiciese de unas ramas
intrincadas celosías;
porque deseaba, señor,
saber lo mismo que huía.   2025
A poco rato mi hermano
dio al capitán una herida.
Cayó. Quiso asegurarle...
cuando los que ya venían
buscando a su capitán,   2030
en su venganza se incitan.
Quiere defenderse; pero
viendo que era una cuadrilla,
corre veloz. No le siguen,
porque todos determinan   2035
más acudir al remedio,
que a la venganza que incitan.
En brazos al capitán
volvieron hacia la villa,
sin mirar en su delito;   2040
que en las penas sucedidas

------

²⁰²²⁻²⁰²³ *que no hiciese... celosías.* Estos dos versos corroboran
la hipótesis de que Calderón en el momento de redactar este
pasaje tuvo presente en su memoria la canción «Al val de Fuente Ovejuna», de Lope de Vega. Compárense con estos otros de
la comedia aludida:

> hacer quiso celosías
> de las intrincadas ramas (vv. 1560-1561).

²⁰²⁸ *asegurarle.* Quiere decir que quiso rematarle. Calderón utiliza reiteradamente esta expresión en otros pasajes similares de
varias comedias.

acudir determinaron
primero a la más precisa.
Yo, pues, que atenta miraba
eslabonadas y asidas   2045
unas ansias de otras ansias,
ciega, confusa y corrida,
discurrí, bajé, corrí,
sin luz, sin norte, sin guía,
monte, llano y espesura,   2050
hasta que a tus pies rendida,
antes que me des la muerte,
te he contado mis desdichas.
Ahora, que ya las sabes,
generosamente anima   2055
contra mi vida el acero,
el valor contra mi vida;
que ya para que me mates
aquestos lazos te quitan
mis manos; alguno de ellos   2060
mi cuello infeliz oprima.

                            [Desátale]

Tu hija soy, sin honra estoy,
y tú libre; solicita
con mi muerte tu alabanza,
para que de ti se diga,   2065

---

²⁰⁴⁵ *eslabonadas y asidas.* Sinonimia.

²⁰⁴⁶ *unas ansias de otras ansias.* Repetición.

²⁰⁴⁷ *ciega, confusa y corrida.* Enumeración tripartita de sinóni-
mos, que continúa en los dos versos siguientes con otras enume-
raciones paralelas y analógicas (vv. 2048-2049) y que se prolonga
en una enumeración tripartita que resume la geografía recorrida
(monte, llano y espesura).

²⁰⁵⁴⁻²⁰⁶⁷ *Ahora... a tu hija.* Súplica retórica, que busca con la
sumisión evitar la venganza de sangre.

²⁰⁵⁹ *aquestos.* Por estos.

²⁰⁶² *Tu hija soy, sin honra estoy.* Rima interna.

²⁰⁶³⁻²⁰⁶⁴ *solicita con mi muerte tu alabanza.* Paradoja. Pedro
Crespo puede recobrar su reputación, perdida por la deshonra
de su hija, dando a ésta muerte, aunque no tenga culpa, de
acuerdo con las bárbaras leyes del honor.

| | que, por dar vida a tu honor, |
| | diste la muerte a tu hija. |

[Arrodíllase]

PEDRO CRESPO Álzate, Isabel, del suelo;
no, no estés más de rodillas;
que a no haber estos sucesos   2070
que atormenten y persigan,
ociosas fueran las penas,
sin estimación las dichas.
Para los hombres se hicieron,
y es menester que se impriman 2075
con valor dentro del pecho.
Isabel, vamos aprisa;
demos la vuelta a mi casa;
que este muchacho peligra,
y hemos menester hacer   2080
diligencias exquisitas,
por saber de él, y ponerle
en salvo.

ISABEL   (¡Fortuna mía, *[aparte]*
o mucha cordura o mucha
cautela es esta!)

PEDRO CRESPO   Camina.   2085
(¡Vive Dios que si la fuerza
                              [aparte]
y necesidad precisa
de curarse hizo volver

2068-2083 *Álzate... en salvo.* La reacción de Pedro Crespo al
conocer su deshonra desvela la magnanimidad de su alma.
No busca en los suyos venganza a su oprobio según permitían las
leyes bárbaras del honor. Siente la pena profunda por lo ocurrido. A ella opone ánimo varonil. Con prudencia busca lo primero salvar a su hijo de las represalias de los soldados.
2069 *no, no.* Reduplicación o epímone.
2071 *que atormenten y persigan.* Sinonimia.
2081 *exquisitas.* Especiales, singulares.
2084 *o mucha cordura o mucha.* Epanadiplosis.
2084-2085 *o mucha... es esta.* Hipérbaton.

al capitán a la villa,
que pienso que le está bien   2090
morirse de aquella herida,
por excusarse de otra
y otras mil, que el ansia mía
no ha de parar hasta darle
la muerte!) ¡Ea! vamos, hija,   2095
a nuestra casa.

Sale el escribano.

ESCRIBANO   ¡Oh, señor,
Pedro Crespo! ¡Dame albricias!

PEDRO CRESPO   ¿Albricias? ¿De qué, escribano?

ESCRIBANO   El concejo aqueste día
os ha hecho alcalde, y tenéis   2100
para estrena de justicia
dos grandes acciones hoy.
La primera es la venida
del Rey, que estará hoy aquí,
o mañana en todo el día,   2105
según dicen; es la otra,
que ahora han traído a la villa
de secreto unos soldados
a curarse con gran prisa
aquel capitán, que ayer   2110
tuvo aquí su compañía.
Él no dice quién le hirió;

---

²⁰⁹³⁻²⁰⁹⁵ *que el ansia... la muerte.* Pedro Crespo expresa aquí,
en un monólogo interior el deseo de venganza contra el capitán.
  ²⁰⁹⁷⁻²⁰⁹⁸ *albricias! ¿Albricias?* Anadiplosis que subraya la situación paradójica del momento dramático.
  ²⁰⁹⁹⁻²¹⁰⁰ *El concejo... alcalde.* Acaso. Lo eligen alcalde cuando
busca justa venganza de su ofensor. *Concejo* era la junta de justicia y regidores de una villa. *Aqueste,* forma anticuada por éste.
  ²¹⁰¹ *estrena.* Principio con el que se inicia el uso de algo.
  ²¹⁰³⁻²¹⁰⁴ *la venida del Rey.* Calderón prepara con detalle la aparición final del rey Felipe II, que trae consigo el desenlace del
conflicto. Véase la nota a los vv. 523-527 y la indicación previa
en el v. 1452.

| | pero si esto se averigua, |
| | será una gran causa. |

PEDRO CRESPO   (¡Cielos,
                                    [aparte]
cuando vengarte imaginas,   2115
me hace dueño de mi honor
la vara de la justicia!
¿Cómo podré delinquir
yo, si en esta hora misma
me ponen a mí por juez,   2120
para que otros no delincan?
Pero cosas como aquestas
no se ven con tanta prisa.)
En extremo agradecido *[al escribano]*
estoy a quien solicita   2125
honrarme.

ESCRIBANO   Vení a la casa
del concejo, y, recibida
la posesión de la vara,
haréis en la causa misma
averiguaciones.

PEDRO CRESPO   Vamos.   2130
A tu casa te retira.   *[a Isabel]*

ISABEL   (¡Duélese el cielo de mí!) *[aparte]*
Yo he de acompañarte.

PEDRO CRESPO   Hija,
ya tenéis el padre alcalde,
él os guardará justicia.   2135
                                    Vanse.

---

²¹¹⁵ *cuando vengarte imaginas.* Pedro Crespo se refiere a sí
mismo. En AZCA• dice «vengarme», errata.

²¹¹⁷ *la vara de la justicia.* Insignia de jurisdicción de los mi-
nistros de justicia. En la parte superior llevaba señalada una cruz.

²¹¹⁸⁻²¹²¹ ¿*Cómo podré... delincan?* Erotema.

²¹²⁶ *Vení.* Forma popular apocopada por pérdida del sonido
dental fricativo. Ello permite la sinalefa con la preposición *a.*

¹²³¹ *te retira.* Por retírate.

²¹³⁴⁻²¹³⁵ *ya tenéis... justicia.* Variante del refrán «Quien tiene

159

Salen DON ÁLVARO *con banda, como herido,*
y el SARGENTO.

DON ÁLVARO   Pues la herida no era ,nada,
¿por qué me hicisteis volver
aquí?

SARGENTO   ¿Quién pudo saber
lo que era antes de curada?

DON ÁLVARO*   Ya la cura prevenida,   2140
hemos de considerar,
que no es bien aventurar
hoy la vida por la herida.

SARGENTO   ¿No fuera mucho peor,
que te hubieras desangrado?   2145

DON ÁLVARO   Puesto que ya estoy curado,
detenernos será error.
Vámonos, antes que corra
voz de que estamos aquí.
¿Están ahí los otros?

SARGENTO   Sí.   2150

DON ÁLVARO   Pues la fuga nos socorra
del riesgo de estos villanos,
que, si se llega a saber
que estoy aquí, habrá de ser
fuerza apelar a las manos.   2155

---

el padre alcalde, seguro va a juicio». Véase el *Vocabulario de
refranes y frases proverbiales,* de ,Gonzalo Correas.

[2136] *Pues la herida no era nada.* Es algo sorprendente tal aseveración, pues según la relación de Isabel habían llevado al capitán «en brazos», cuando lo volvieron a Zalamea. Ha de tomarse, por tanto, como una hipérbole de soldado ante una herida, que una vez curada, no tenía trascendencia.

* En AZCA falta la indicación de que el parlamento (vv. 2140-2143) pertenezca al capitán. La omisión se repite en ediciones posteriores.

Sale REBOLLEDO.

REBOLLEDO	La justicia aquí se ha entrado.
DON ÁLVARO	¿Qué tiene que ver conmigo justicia ordinaria?
REBOLLEDO	Digo, que hasta aquí ha llegado.

DON ÁLVARO
    Nada me puede a mí estar   2160
    mejor, llegando a saber
    que estoy aquí, y no temer
    a la gente del lugar;
    que la justicia es forzoso
    remitirme en esta tierra   2165
    a mi consejo de guerra;
    con que, aunque el lance es penoso,
    tengo mi seguridad.

REBOLLEDO
    Sin duda se ha querellado
    el villano.

DON ÁLVARO
                Eso he pensado.   2170

ESCRIBANO
[*dentro*]
    Todas las puertas tomad,
    y no me salga de aquí
    soldado que aquí estuviere;
    y al que salirse quisiere,
    matadle.   2175

Salen PEDRO CRESPO *con vara, el* ESCRIBANO,
y los que puedan.

2157-2158 *¿Qué tiene... ordinaria?* En efecto, la jurisdicción de un alcalde de pueblo no abarcaba el delito de un soldado y menos el de un capitán, pues éstos dependían de un tribunal militar. Jean Vilar en unas notas publicadas bajo el título de «La justice militaire et la justice dans *El alcalde de Zalamea*» (*Bref,* vol. 47, junio y julio de 1961) apuntó ya el dilema legal.

2172-2174 *salga... salirse.* Derivación.

2172-2173 *aquí... aquí.* Repetición.

DON ÁLVARO   Pues ¿cómo así
                  entráis? Mas... ¡qué es lo que veo!

PEDRO CRESPO   ¿Cómo no? A mi parecer,
                  la justicia ha menester
                  más licencia, a lo que creo.

DON ÁLVARO   La justicia, cuando vos   2180
                  de ayer acá lo seáis,
                  no tiene, si lo miráis,
                  que ver conmigo.

PEDRO CRESPO   Por Dios,
                  señor, que no os alteréis;
                  que sólo a una diligencia   2185
                  vengo, con vuestra licencia,
                  aquí, y que solo os quedéis
                  importa.

DON ÁLVARO   Salíos de aquí.
                                  [a los soldados]

PEDRO CRESPO   Salíos vosotros también.
                                  [al escribano]
                  Con esos soldados ten   2190
                  gran cuidado.

ESCRIBANO   Harélo así.

Vanse [el ESCRIBANO, *los labradores y soldados].*

PEDRO CRESPO   Ya que yo, como justicia,
                  me valí de su respeto,
                  para obligaros a oírme,
                  la vara a esta parte dejo,   2195

2184-2188 *Por Dios... importa.* Este parlamento se pronuncia con
cierto tono irónico, pero firme.

2188-2189 *Salíos... Salíos.* Anáfora.

2192-2197 *Ya que... quiero.* Pedro Crespo, villano rico de Zalamea, con un sentido de honor que lo coloca a la par con los
caballeros, deja a un lado la vara de alcalde —símbolo de justicia—, y al hacerlo pone de lado las fórmulas y rituales de los
procedimientos legales, para llegar a hablar de hombre a hombre
con el capitán en busca de una reconciliación.

y como un hombre no más
deciros mis penas quiero.

Arrima la vara.

Y puesto que estamos solos,
señor don Álvaro, hablemos
más claramente los dos,   2200
sin que tantos sentimientos,
como tienen encerrados
en las cárceles del pecho,
acierten a quebrantar
las prisiones del silencio.   2205
Yo soy un hombre de bien;
que a escoger mi nacimiento,
no dejara, es Dios testigo,
un escrúpulo, un defecto
en mí, que suplir pudiera   2210
la ambición de mi deseo.
Siempre acá entre mis iguales
me he tratado con respeto.
De mí hacen estimación
el cabildo y el concejo.   2215
Tengo muy bastante hacienda,
porque no hay, gracias al cielo,
otro labrador más rico
en todos aquestos pueblos
de la comarca. Mi hija   2220
se ha criado, a lo que pienso,
con la mejor opinión,

2198-2304 *Y puesto... me lo deis*. Famoso parlamento de Pedro
Crespo en que suplica a don Álvaro que repare con el casamiento el agravio cometido. Expone sus cualidades de cristiano viejo,
la estimación que se le tiene y las riquezas que posee. Pasa
luego a ponderar la virtud y hermosura de su hija. Ofrece toda
su hacienda y el ponerse él y su hijo a su servicio y a cambio
de que se le restituya el honor perdido. Sirve para manifestar
la elocuencia de los sentimientos del personaje.

2209 *un escrúpulo, un defecto*. Sinonimia.

2215 *cabildo*. La Hermandad de labradores que cuidaba de las
procesiones y el cuidado de la imagen del patrón de la villa.

2217 *gracias al cielo*. Ecfonema.

virtud y recogimiento
del mundo—, tal madre tuvo,
¡téngala Dios en el Cielo!　　2225
Bien pienso que bastará,
señor, para abono de esto,
el ser rico, y no haber quien
me murmure, ser modesto,
y no haber quien me baldone;　2230
y mayormente viviendo
en un lugar corto, donde
otra falta no tenemos
más que decir unos de otros
las faltas y los defectos;　　2235
y pluguiera a Dios, señor,
que se quedara en saberlos.
Si es muy hermosa mi hija,
díganlo vuestros extremos,
aunque pudiera, al decirlos,　2240
con mayores sentimientos
llorar. Señor, ya esto fue
mi desdicha. No apuremos
toda la ponzoña al vaso;
quédese algo al sufrimiento.　2245
No hemos de dejar, señor,
salirse con todo al tiempo;
algo hemos de hacer nosotros
para encubrir sus defectos.
Éste ya veis si es bien grande,　2250
pues aunque encubrirle quiero,
no puedo; que sabe Dios,
que a poder estar secreto

___

2228-2330 *y no haber quien... y no haber quien.* Anáfora que introduce una expolición (*me murmure-me baldone*).
2235 *las faltas y los defectos.* Sinonimia.
2246-2247 *No hemos... al tiempo.* En el sentido de no dejar que
las cosas salgan como fueren.
2253-2257 *que a poder... al sufrimiento.* Pedro Crespo no sigue
los dictados bárbaros del código de honor, según el cual a secreto agravio debiera hacerse secreta venganza. Si la afrenta

y sepultado en mí mismo,
no viniera a lo que vengo;   2255
que todo esto remitiera,
por no hablar, al sufrimiento.
Deseando pues remediar
agravio tan manifiesto,
buscar remedio a mi afrenta,   2260
es venganza, no es remedio;
y vagando de uno en otro,
uno solamente advierto,
que a mí me está bien y a vos
no mal; y es, que desde luego 2265
os toméis toda mi hacienda,
sin que para mi sustento
ni el de mi hijo, a quien yo
traeré a echar a los pies vuestros,
reserve un maravedí,   2270
sino quedarnos pidiendo
limosna, cuando no haya
otro camino, otro medio
con que poder sustentarnos.
Y si queréis desde luego   2275
poner una S y un clavo
hoy a los dos y vendernos,
será aquesta cantidad
más del dote que os ofrezco.
Restaurad una opinión,   2280

---

hubiese sido secreta la hubiera sepultado en su pecho llevándola
con sufrimiento. Sin embargo, la ofensa es pública y pide por ello
una pública reparación que no viene mal, según piensa él, al
capitán.

[2258-2261] *Deseando... remedio.* Se juega con la bisemia de la
palabra *remedio* como reparación de algún daño, en este caso
por la venganza, y como enmienda de algo mal hecho. Obsérvese
la derivación y repetición de *remedio.*

[2270] *maravedí.* Moneda antigua española de poco valor. Un real
tenía treinta y cuatro maravedíes.

[2273] *otro camino, otro medio.* Sinonimia.

[2276] *poner una S y un clavo.* Los esclavos eran marcados fre-
cuentemente entre las cejas con un clavo que tenía una S. Vale

que habéis quitado. No creo,
que desluzcáis vuestro honor,
porque los merecimientos,
que vuestros hijos, señor,
perdieren, por ser mis nietos,   2285
ganarán con más ventaja,
señor, con ser hijos vuestros.
En Castilla, el refrán dice,
que el caballo —y es lo cierto—
lleva la silla. Mirad,   2290

     Híncase de rodillas.

que a vuestros pies os lo ruego
de rodillas y llorando
sobre estas canas que el pecho,
viendo nieve y agua, piensa,
que se me están derritiendo.   2295
¿Qué os pido? Un honor os pido,
que me quitasteis vos mesmo;
y con ser mío, parece,
según os lo estoy pidiendo
con humildad, que no os pido   2300
lo que es mío, sino vuestro.
Mirad, que puedo tomarle
por mis manos, y no quiero,
sino que vos me lo deis.

DON ÁLVARO   (¡Ya me falta el sufrimiento!) 2305
                            [aparte]
    Viejo cansado y prolijo,

---

aquí como símbolo para pasar a su servicio incondicional. Hipérbole.

2288-2290 *En Castilla... la silla.* Refrán. «En Castilla, el caballo lleva la silla y en Portugal, el caballo la ha de llevar». Dícese por la hidalguía que sigue la varonía. Véase el *Vocabulario de refranes y frases proverbiales,* de Gonzalo Correas.

2292-2295 *llorando... derritiendo.* Metáfora. Al llorar parece como si el pelo blanco se derritiera. Se hace la comparación con un monte nevado.

2296 *pido... pido.* Repetición.

2306 *cansado y prolijo.* Sinonimia; pues ser prolijo cansa.

2306-2317 *Viejo... jurisdicción.* La contestación de Don Álvaro

	agradeced que no os doy	
	la muerte a mis manos hoy,	
	por vos y por vuestro hijo;	
	porque quiero que debáis	2310
	no andar con vos más crüel	
	a la beldad de Isabel.	
	Si vengar solicitáis	
	por armas vuestra opinión,	
	poco tengo que temer;	2315
	si por justicia ha de ser,	
	no tenéis jurisdicción.	

PEDRO CRESPO   ¿Que en fin no os mueve mi llanto?

DON ÁLVARO   Llantos no se han de creer
                de vicjo, niño y mujer.   2320

PEDRO CRESPO   ¿Que no pueda dolor tanto
                mereceros un consuelo?

DON ÁLVARO   ¿Qué más consuelo queréis,
                pues con la vida volvéis?

PEDRO CRESPO   Mirad que echado en el suelo   2325
                mi honor a voces os pido.

DON ÁLVARO   ¡Qué enfado!

PEDRO CRESPO   Mirad que soy
                alcalde en Zalamea hoy.

DON ÁLVARO   Sobre mí no habéis tenido
                jurisdicción. El consejo   2330
                de guerra enviará por mí.

PEDRO CRESPO   ¿En eso os resolvéis?

DON ÁLVARO   Sí,
                caduco y cansado viejo.

---

contrasta con la actitud de Pedro Crespo. A la falta de cordiali-
dad y sentimiento, añade una apreciación fría y pragmática de la
situación.

[2322-2323] *consuelo. ¿Qué más consuelo.* Anadiplosis irregular.

[2323-2324] *¿Qué... volvéis?* Hipérbole, propia bravata de soldado.

[2325-2327] *Mirad que... Mirad que.* Anáfora.

[2333] *caduco y cansado.* Aliteración. Sinonimia, cansado por tener pocas fuerzas.

167

PEDRO CRESPO   ¿No hay remedio?

DON ÁLVARO   El de callar
es el mejor para vos.   2335

PEDRO CRESPO   ¿No otro?

DON ÁLVARO   No.

PEDRO CRESPO   Pues ¡juro a Dios,
                                       [*levántase*]
        Toma la vara*.
        que me lo habéis de pagar!
        ¡Hola!

Salen el ESCRIBANO *y los villanos.*

ESCRIBANO   ¿Señor?

DON ÁLVARO   ¿Qué querrán
estos villanos hacer?

ESCRIBANO   ¿Qué es lo que manda?

PEDRO CRESPO   Prender   2340
mando al señor capitán.

DON ÁLVARO   ¡Buenos son vuestros extremos!
Con un hombre como yo,
en servicio del Rey, no
se puede hacer.

PEDRO CRESPO   Probaremos.   2345
De aquí, si no es preso o muerto,
no saldréis.

DON ÁLVARO   Yo os apercibo
que soy un capitán vivo.

---

* Al tomar la vara simbólicamente se inviste con los atributos
de poder, al tiempo que expresa su deseo de venganza. Situación
paradójica, pues el poder de la vara está dentro de la justicia
y la venganza presupone una actitud violenta e individual.
2348-2349 *capitán vivo... alcalde muerto.* Contraste.

PEDRO CRESPO	¿Soy yo acaso alcalde muerto?
	Daos al instante a prisión. 2350
DON ÁLVARO	(No me puedo defender,
	[aparte]
	fuerza es dejarme prender.)
	Al Rey de esta sinrazón
	me quejaré.
PEDRO CRESPO	Yo también
	de esa otra; y aun bien que está 2355
	cerca de aquí, y nos oirá
	a los dos. Dejar es bien
	esa espada.
DON ÁLVARO	No es razón
	que...
PEDRO CRESPO	¿Cómo no, si vais preso?
DON ÁLVARO	Tratad con respeto.
PEDRO CRESPO	Eso 2360
	está muy puesto en razón.
	Con respeto le llevad [al escribano]
	a las casas en efeto
	del concejo, y con respeto
	un par de grillos le echad 2365

2360-2377 *Tratad... a Dios!*) Ejemplo amplificado de ironía que señala un incremento de intensidad. Se basa en la repetición de la expresión «con respeto», que culmina y termina con la forma amplificada «con muchísimo respeto». Coll y Vehí, en *Elementos de literatura* (Madrid, 1859) escoge este pasaje para ilustrar la explicación de este tropo de sentencia. Vélez de Guevara aconseja, en el tranco X de *El Diablo cojuelo,* que no se diga en las comedias «aquí para entre los dos», por considerar la expresión una civilidad innecesaria, alusión al verso famoso (2374) de Calderón.

2363 *en efeto.* Se ha conservado la grafía antigua para mantener la rima consonante.

2365 *grillos.* Consistían en dos arcos de hierro por los que se metían los tobillos y que se ajustaban hasta cerrarse con lo que se impedía el andar del reo. Echarle grillos con cadena a Don Álvaro era un trato ignominioso, prohibido por la ley, como se

y una cadena, y tened
con respeto gran cuidado,
que no hable a ningún soldado.
Y a todos también poned
en la cárcel, que es razón,   2370
y aparte, porque despúes
con respeto a todos tres
les tomen la confesión.
(Y aquí, para entre los dos,
                    [aparte a don Álvaro]
si hallo harto paño, en efeto   2375
con muchísimo respeto
os he de ahorcar, juro a Dios!)

DON ÁLVARO   ¡Ah villanos con poder!
                        Llévanle preso. Vanse.

Salen REBOLLEDO, *la* «CHISPA», *el* ESCRIBANO
                    y CRESPO.

ESCRIBANO   Este paje, este soldado,
                son los que mi cüidado   2380
                sólo ha podido prender;
                que otro se puso en hüida.

PEDRO CRESPO   Este el pícaro es que canta.
                Con un paso de garganta
                no ha de hacer otro en su vida. 2385

REBOLLEDO   ¿Pues qué delito es, señor,
                el cantar?

---

explica en el *Libro de las cinco excelencias de los españoles,* de
Fray Benito de Peñalosa (Pamplona, 1629).

[2375] *en efeto.* Repetición del inciso del v. 2363.

[2379] *Este paje.* Alusión a la Chispa que está disfrazada de muchacho.

[2384] *paso de garganta.* Dilogía establecida en la bisemia de in-
flexión de la voz o trinos de notas al cantar y la vuelta al garrote que daba la estrangulación al reo.

[2387-2389] *cantar... cantéis mejor.* Derivación en la que se sigue
el juego de palabras con las dos acepciones del verbo cantar; la
usual de entonar una canción y la voz de germanía que significa
confesar.

PEDRO CRESPO	Que es virtud siento, y tanto, que un instrumento tengo en que cantéis mejor. Resolveos a decir... 2390
REBOLLEDO	¿Qué?
PEDRO CRESPO	cuanto anoche pasó...
REBOLLEDO	Tu hija, mejor que yo, lo sabe.
PEDRO CRESPO	—... o has de morir.
«CHISPA»	Rebolledo, determina negarlo punto por punto; 2395 serás, si niegas, asunto para una jacarandina, que cantaré.
PEDRO CRESPO	¿A vos, despúes, quién otra os ha de cantar?
«CHISPA»	A mí no me pueden dar 2400 tormento.
PEDRO CRESPO	Sepamos, pues, por qué.
«CHISPA»	Esto es cosa asentada, y que no hay ley que tal mande.
PEDRO CRESPO	¿Qué causa tenéis?
«CHISPA»	Bien grande.
PEDRO CRESPO	¿Decid, cuál?
«CHISPA»	Estoy preñada. 2405

2388-2389 *un instrumento tengo.* Alusión al potro, instrumento de tortura en el que se sentaba el reo para obtener de él la confesión del delito.

2397 *jacarandina.* Significa, además de junta de rufianes, composición para cantar de tema airado (jácara). Véase la nota al v. 94.

2405 *Estoy preñada.* En efecto, existía la ley de que no se po-

171

PEDRO CRESPO	(¡Hay cosa más grande! [*aparte*]
	mas la cólera me inquieta.)
	¿No sois paje de jineta?

| «CHISPA» | No, señor, sino de brida. |

| PEDRO CRESPO | Resolveos a decir   2410 |
| | vuestros dichos. |

«CHISPA»	Sí diremos,
	y aún más de lo que sabemos;
	que peor será morir.

| PEDRO CRESPO | Eso excusará a los dos |
| | del tormento. |

«CHISPA»	Si es así, 2415
	pues para cantar nací,
	he de cantar, vive Dios.
	¡Tormento me quieren dar! [*Canta.*]

| REBOLLEDO
[*cant.*] | *Y ¿qué quieren darme a mí?* |

| PEDRO CRESPO | ¿Qué hacéis? |

| «CHISPA» | Templar desde aquí,   2420 |
| | pues que vamos a cantar. |

Vanse.

Sale JUAN.

| JUAN | Desde que al traidor herí |
| | en el monte, desde que |

---

día dar tormento a los delincuentes femeninos que estuvieren embarazados.

[2406-2407] (*¡Hay... inquieta.*) Pedro Crespo juzga primero que es un chiste propio de un homosexual, pero quiere ver con más detenimiento el asunto, pues la cólera o enfado le turba.

[2409] *de brida.* Paje de brida. Chiste grosero. Se hace referencia al oficio de soldadera del personaje.

[2411] *dichos.* Término legal. Deposiciones de los testigos.

[2420] *Templar.* Dilogía. Acordar la proporción armónica para el canto y apaciguar a los ministros de la justicia.

[2422-2423] *Desde que... desde que.* Anáfora.

riñendo con él, porque
llegaron tantos, volví   2425
la espalda, el monte he corrido,
la espesura he penetrado,
y a mi hermana no he encontrado.
En efecto, me he atrevido
a venirme hasta el lugar,   2430
y entrar dentro de mi casa,
donde todo lo que pasa
a mi padre he de contar.
Veré lo que me aconseja
que haga, cielos, en favor   2435
de mi vida y de mi honor.

Salen ISABEL *e* INÉS.

INÉS

Tanto sentimiento deja;
que vivir tan afligida,
no es vivir, matarte es.

ISABEL

Pues ¿quién te ha dicho ¡ay Inés!
                                          [2440
que no aborrezco la vida?

JUAN

Diré a mi padre... ¡Ay de mí!
¿No es ésta Isabel? Es llano,
pues ¿qué espero?

                              [*saca la daga*]

INÉS   ¡Primo!

ISABEL   ¡Hermano!

2426-2427 *el monte... la espesura.* Sinonimia.

2431 *entrar dentro.* Pleonasmo. Vicio del lenguaje en el que incurre Calderón.

2435 *cielos.* Ecfonema.

2436 *de mi vida y de mi honor.* Sinonimia en el plano simbólico.

2438-2439 *que vivir... matarte es.* Paradoja. La pena de Isabel es tan profunda que vive sin querer vivir.

2440 *¡ay Inés!* Ecfonema.

¿Qué intentas?

JUAN   Vengar así   2445
                      la ocasión, en que hoy has puesto
                      mi vida y mi honor.

ISABEL   ¡Advierte!...

JUAN   Tengo de darte la muerte,
                      ¡viven los cielos!

Sale PEDRO CRESPO *[con la vara]*.

PEDRO CRESPO   ¿Qué es esto?

JUAN   Es satisfacer, señor,   2450
                      una injuria, y es vengar
                      una ofensa, y castigar...

PEDRO CRESPO   Basta, basta; que es error
                      que os atreváis a venir...

JUAN   (¿Qué es lo que mirando estoy?) 2455
                                          [aparte]

PEDRO CRESPO   ...delante así de mí hoy,
                      acabando ahora de herir
                      en el monte un capitán.

JUAN   Señor, si le hice esa ofensa,
                      que fue en honrada defensa   2460
                      de tu honor.

PEDRO CRESPO   ¡Ea, basta, Juan!
                      — ¡Hola!   *[a los labradores]*

Salen los labradores.

---

²⁴⁴⁵⁻²⁴⁴⁷ *¿Qué intentas... ¡Advierte!* Juan quiere restaurar su
honor dando muerte a su hermana, actitud opuesta por lo in-
transigente a la de su padre. *Mi vida y mi honor.* Sinonimia en
el plano simbólico, y repetición. Véase la nota al. v. 2436.
²⁴⁵⁰⁻²⁴⁵² *Es satisfacer... y castigar.* Conmoración.
²⁴⁵³ *Basta, basta.* Epímone o reduplicación.
²⁴⁵⁵ *¿Qué es...* Alusión a la vara de alcalde.

174

¡Llevadle también preso!

JUAN   ¿A tu hijo, señor,
              tratas con tanto rigor?

PEDRO CRESPO Y aun a mi padre también   2465
              con tal rigor le tratara.
              (Aquesto es asegurar   [aparte]
              su vida, y han de pensar,
              que es la justicia más rara
              del mundo.)

JUAN   Escucha por qué.   2470
              Habiendo un traidor herido,
              a mi hermana he pretendido
              matar también...

PEDRO CRESPO   Ya lo sé.
              Pero no basta sabello
              yo como yo, que ha de ser   2475
              como alcalde, y he de hacer
              información sobre ello;
              y hasta que conste, qué culpa
              te resulta del proceso,
              tengo de tenerte preso.   2480
              (Yo le hallaré la disculpa.)
                                    [aparte]

JUAN   Nadie entender solicita
              tu fin, pues sin honra ya
              prendes a quien te la da,
              guardando a quien te la quita.   2485

2474 *sabello*. Se conserva la forma arcaica para mantener la rima. Las formas palatalizadas del infinitivo con pronombre átono fueron corrientes en el siglo XVI por influencia popular, y se mantuvieron, primordialmente en la poesía, durante el XVII.

2476-2477 *hacer información*. Término jurídico. Averiguar la verdad del caso.

2481 *Yo le hallaré la disculpa*. Este verso manifiesta que las razones de la aparente rigurosidad del alcalde que no perdona ni a su hijo son interesadas.

175

Llévanle preso.

PEDRO CRESPO   Isabel, entra a firmar
esta querella, que has dado
contra aquel que te ha injuriado.

ISABEL   ¿Tú, que quisiste ocultar
nuestra ofensa, eres ahora   2490
quien más trata publicarla?
Pues no consigues vengarla,
consigue el callarla ahora.

PEDRO CRESPO*   Que ya que, como quisiera,
me quita esta obligación,   2495
satisfacer mi opinión
ha de ser de esta manera.

Vase [Isabel.]

Inés, pon ahí esa vara;
pues que por bien no ha querido
ver el caso conclüido,   2500
querrá por mal.

DON LOPE   ¡Para, para!
[*dentro*].

PEDRO CRESPO   ¿Qué es aquesto? ¿Quién, quién hoy
se apea en mi casa así?
Pero ¿quién se ha entrado aquí?

[2487] *querella.* Acusación legal ante el juez de un delito.

[2489-2493] *¿Tú, que quisiste... ahora.* Isabel, como su hermano Juan, no entiende la conducta de su padre que no obedece al ritual establecido en las ofensas de honor. La muchacha le advierte que al publicar el oprobio aumenta la deshonra. Juan, poco antes (vv. 2483-2485), le había echado en cara a su padre el que prenda a quien lucha por su honra, y guarde o defienda —se refiere a Isabel— a quien se la quita.

* En AZCA falta el nombre de Pedro Crespo para indicar que es este personaje el que pronuncia los vv. 2494-2497.

[2494-2497] *Que ya... manera.* La transposición y la elipsis hacen que la comprensión del pasaje sea difícil. He aquí su sentido: «que ya que, como quisiera satisfacer mi honor, me quita esta obligación (de ser alcalde), la satisfaré de esta manera.

[2499] *pues... querido.* Alusión al capitán don Álvaro.

DON LOPE	¡Oh Pero Crespo! Yo soy,	2505
	que, volviendo a este lugar	
	de la mitad del camino,	
	donde me trae —imagino—	
	un grandísimo pesar,	
	no era bien ir a apearme	2510
	a otra parte, siendo vos	
	tan mi amigo.	

PEDRO CRESPO   ¡Guárdeos Dios!
que siempre tratáis de honrarme.

DON LOPE   Vuestro hijo no ha parecido
por allá.

PEDRO CRESPO   Presto sabréis   2515
la ocasión. La que tenéis,
señor, de haberos venido,
me haced merced de contar;
que venís mortal, señor.

DON LOPE	La desvergüenza es mayor,	2520
	que se puede imaginar.	
	Es el mayor desatino,	
	que hombre ninguno intentó.	
	Un soldado me alcanzó,	
	y me dijo en el camino...	2525
	¡Que estoy perdido, os confieso,	
	de cólera!...	

PEDRO CRESPO   Proseguí.

DON LOPE   ... que un alcaldillo de aquí

[2505] *¡Oh Pero Crespo! Yo soy.* La vuelta imprevista del Maestre, debida a la queja del sargento que logró escaparse de la justicia de Zalamea, es una técnica típica del arte de Calderón, con la que se plantea una nueva situación dramática.

[2520]-[2523] *La desverguenza... intentó.* Hipérboles.

[2527] *Proseguí.* Forma apocopada por influencia popular con pérdida de la dental fricativa.

177

al capitán tiene preso;
y ¡voto a Dios! no he sentido 2530
en toda aquesta jornada
esta pierna excomulgada,
sino es hoy, que me ha impedido
el haber antes llegado
donde el castigo le dé. 2535
¡Voto a Jesucristo, que
al grande desvergonzado
a palos le he de matar!

PEDRO CRESPO   Pues habéis venido en balde;
porque pienso, que el alcalde 2540
no se los dejará dar.

DON LOPE   Pues dárselos sin que deje
dárselos.

PEDRO CRESPO   Malo lo veo;
ni que haya en el mundo creo,
quien tan mal os aconseje. 2545
¿Sabéis por qué le prendió?

DON LOPE   No; mas sea lo que fuere,
justicia la parte espere
de mí; que también sé yo
degollar, si es necesario. 2550

PEDRO CRESPO   Vos no debéis de alcanzar,
señor, lo que en un lugar
es un alcalde ordinario.

---

²⁵³² *pierna excomulgada.* Chiste por alusión semántica. Equivale
a pierna condenada.

^{2539 2542} *Pues... Pues.* Anáfora.

^{2542 2543} *Pues dárselos... dárselos.* Epanadiplosis irregular.

²⁵⁴⁴ *ni que haya en el mundo creo.* Hipérbaton.

²⁵⁴⁸ *parte.* Término jurídico. La persona que en una querella
tiene interés legal.

^{2551 2553} *Vos no... alcalde ordinario.* Pedro Crespo exagera la
jurisdicción del alcalde ordinario. Lope de Deza, en *Gobierno político de agricultura* (Madrid, 1618) dice que los alcaldes ordinarios solamente tenían fuerza para sentenciar en las causas menores.

DON LOPE	¿Será más de un villanote?	
PEDRO CRESPO	Un villanote será,	2555
	que, si cabezudo da	
	en que ha de darle garrote,	
	¡par Dios!, se salga con ello.	
DON LOPE	No se saldrá tal, ¡par Dios!	
	y si por ventura vos,	2560
	si sale o no, queréis vello,	
	decidme do vive o no.	
PEDRO CRESPO	Bien cerca vive de aquí.	
DON LOPE	Pues a decirme vení	
	quién es el alcalde.	
PEDRO CRESPO	Yo.	2565
DON LOPE	¡Voto a Dios, que lo sospecho!	
PEDRO CRESPO	¡Voto a Dios, como os lo he dicho!	
DON LOPE	Pues, Crespo, lo dicho dicho.	
PEDRO CRESPO	Pues, señor, lo hecho hecho.	

[2557] *garrote*. Instrumento para ejecutar a los condenados a muerte, que consiste en un arco de hierro que aprieta la garganta y produce una rápida estrangulación, teniendo el cuello ajustado a un pie de madera.

[2559] *¡par Dios!* Forma popular por «por Dios». Era un fuerte juramento que solía evitarse con la forma eufemística '¡pardiez!' El v. 2559 repite el juramento en una epanadiplosis irregular, que sirve para enfrentar nuevamente a los dos personajes.

[2561] *vello*. Forma anticuada por verlo. Se mantiene para conservar la rima. Véase la nota al v. 124.

[2561-2562] *o no..., o no*. Repetición con elipsis por «o no *lo digáis*».

[2562] *do*. Forma arcaica por donde.

[2564] *vení*. Forma apocopada popular con pérdida de la dental fricativa.

[2566-2569] *¡Voto a Dios... hecho*. Esticomicias.

[2566-2567] *¡Voto a Dios... ¡Voto a Dios*. Anáfora.

[2668] *lo dicho, dicho*. Epímone.

[2669] *lo hecho, hecho*. Epímone.

DON LOPE	Yo por el preso he venido,	2570
	y a castigar este exceso.	
PEDRO CRESPO	Pues yo acá le tengo preso	
	por lo que acá ha sucedido.	
DON LOPE	¿Vos sabéis que a servir pasa	
	al Rey, y soy su juez yo?	2575
PEDRO CRESPO	¿Vos sabéis que me robó	
	a mi hija de mi casa?	
DON LOPE	¿Vos sabéis que mi valor	
	dueño de esta causa ha sido?	
PEDRO CRESPO	¿Vos sabéis cómo atrevido	2580
	robó en un monte mi honor?	
DON LOPE	¿Vos sabéis cuánto os prefiere	
	el cargo que he gobernado?	
PEDRO CRESPO	¿Vos sabéis que le he rogado	
	con la paz, y no la quiere?	2585
DON LOPE	¿Que os entráis, no es bien se ar-
	[guya,
	en otra jurisdicción?	
PEDRO CRESPO	Él se me entró en mi opinión,	
	sin ser jurisdicción suya.	
DON LOPE	Yo os sabré satisfacer,	2590
	obligándome a la paga.	
PEDRO CRESPO	Jamás pedí a nadie, que haga	
	lo que yo me pueda hacer.	

2574-2585 *¿Vos sabéis... y no la quiere?* Las anáforas *¿Vos sa-*
béis...? introducen la información de varios puntos de la causa en
forma paralelística y en una graduación de oposiciones.
2586-2589 *¿Que os entráis... suya.* En estos dos parlamentos se expone sucintamente las dos posiciones ideolgógicas de Lope de
Figueroa y Pedro Crespo en este momento de la pieza. El primero se apoya en la ley escrita, mientras que el rico labrador acude
a la tradición de las querellas de honor.

| DON LOPE | Yo me he de llevar el preso; |
| | ya estoy en ello empeñado. 2595 |

| PEDRO CRESPO | Yo por acá he sustanciado |
| | el proceso. |

| DON LOPE | ¿Qué es proceso? |

PEDRO CRESPO	Unos pliegos de papel,
	que voy juntando, en razón
	de hacer la averiguación 2600
	de la causa.

| DON LOPE | Iré por él |
| | a la cárcel. |

PEDRO CRESPO	No embarazo
	que vais, solo se repare,
	que hay orden, que al que llegare
	le den un arcabuzazo. 2605

DON LOPE	Como a esas balas estoy
	enseñado yo a esperar...
	(Mas no se ha de aventurar *[aparte]*
	nada en el acción de hoy.)
	¡Hola, soldado!

Sale un SOLDADO.

	Id volando, 2610
	y a todas las compañías,
	que alojadas estos días

2596-2597 *sustanciado el proceso.* Ordenado e investigado los diversos aspectos de la causa hasta estar preparada para dar sentencia.

2603 *vais.* Forma sincopada por vayais, que alternó con ésta en el siglo XVII.

2605 *arcabuzazo.* Disparo del arcabuz. El arcabuz era un arma de fuego utilizada en la época de la acción teatral.

2609 *el acción.* Se utiliza la forma masculina del artículo por comenzar el sustantivo por *a*. En la actualidad este uso se ha reducido a los casos de *a* acentuada prosódicamente.

	han estado, y van marchando, decid, que bien ordenadas lleguen aquí en escuadrones,	2615
	con balas en los cañones, y con las cuerdas caladas.	
SOLDADO 1.	No fue menester llamar la gente; que habiendo oído aquesto que ha sucedido,	2620
	se ha entrado en el lugar.	
DON LOPE	Pues ¡voto a Dios, que he de ver, si me dan el preso o no!	
PEDRO CRESPO	Pues ¡voto a Dios, que antes yo haré lo que se ha de hacer!	2625

Éntranse.

Tocan cajas, y dicen dentro.

DON LOPE [*dentro*]	Ésta es la cárcel, soldados, adonde está el capitán. Si no os le dan, al momento poned fuego y la abrasad. Y si se pone en defensa	2630
	el lugar, todo el lugar.	
ESCRIBANO [*dentro*]	Ya, aunque rompan la cárcel no le darán libertad.	
DON LOPE [*dentro*]	¡Mueran aquestos villanos!	

2617 *cuerdas.* Mecha del grueso de un dedo que se usaba en la milicia para dar fuego a los mosquetes y a la artillería; *caladas,* quiere decir que estén preparadas para aplicarlas a las armas.

2622-2624 *¡voto a Dios!... ¡voto a Dios!* Repetición.

2622-2625 *Pues... hacer.* Parlamentos paralelísticos que manifiestan oposición.

2629 *la abrasad.* Forma de obligación arcaica que admite el pronombre átono antes del verbo. Es de uso poético.

2631 *el lugar, todo el lugar.* Epanadiplosis.

2634 *aquestos.* Forma arcaica de adjetivo demostrativo por estos.

PEDRO CRESPO   ¿Que mueran? Pues ¿qué? ¿no hay
[dentro]   [más?   2635

DON LOPE   Socorro les ha venido.
[dentro]   ¡Romped la cárcel, llegad,
                romped la puerta!

Sale el REY, DON LOPE *[y los soldados,* PEDRO CRESPO
        y los villanos]. Todos se descubren.

FELIPE SEGUNDO   ¿Qué es esto?
                Pues ¿de esta manera estáis,
                viniendo yo?

DON LOPE   Ésta es, señor,   2640
                la mayor temeridad
                de un villano, que vio el mundo.
                Y ¡vive Dios! que a no entrar
                en el lugar tan aprisa,
                señor, Vuestra Majestad,   2645
                que había de hallar luminarias
                puestas por todo el lugar.

FELIPE SEGUNDO ¿Qué ha sucedido?

DON LOPE   Un alcalde
                ha prendido un capitán,
                y viniendo yo por él   2650
                no le quieren entregar.

FELIPE SEGUNDO ¿Quién es el alcalde?

PEDRO CRESPO   Yo.

2646 *luminarias.* Sarcasmo. Las luces que se ponen en ventanas,
balcones y torres para señalar el regocijo del pueblo por la llegada del monarca serían los fuegos de sus casas ardiendo.

2648 *¿Qué ha sucedido?* Se trata de la misma pregunta que hizo
don Lope al llegar a Zalamea por vez primera (v. 785) y encontrar una querella en la casa del labrador. El conflicto inicial ha
aumentado en gravedad e importancia y ahora va a ser el Rey
el que devuelva el orden a la villa.

FELIPE SEGUNDO	¿Y qué disculpa me dais?

PEDRO CRESPO

Este proceso, en que bien
probado el delito está,   2655
digno de muerte por ser
una doncella robar,
forzarla en un despoblado,
y no quererse casar
con ella, habiendo su padre   2660
rogádole con la paz.

DON LOPE

Éste es el alcalde, y es
su padre.

PEDRO CRESPO

      No importa en tal
caso; porque, si un extraño
se viniera a querellar,   2665
¿no había de hacer justicia?
Sí. ¿Pues qué más se me da
hacer por mi hija lo mismo
que hiciera por los demás?
Fuera de que, como he preso   2670
un hijo mío, es verdad
que no escuchara a mi hija,
pues era la sangre igual.
Mírese, si está bien hecha
la causa; miren, si hay   2675
quien diga que yo haya hecho
en ella alguna maldad,
si he inducido algún testigo,
si está algo escrito demás
de lo que he dicho, y entonces   2680
me den muerte.

FELIPE SEGUNDO

      Bien está

2662-2663 *Éste es... su padre.* Don Lope lo acusa de ser parte interesada en la causa por ser padre de la ofendida.

2663-2681 *No importa... muerte.* Defensa de la integridad del alcalde.

2678 *si he inducido.* Si he tratado de forzar o sobornar algún testigo.

	sustanciado. Pero vos	
	no tenéis autoridad	
	de ejecutar la sentencia,	
	que toca a otro tribunal.	2685
	Allá hay justicia, y así	
	remitid el preso.	

PEDRO CRESPO   Mal
podré, señor, remitirle;
porque, como por acá
no hay más, que sola una audiencia,
cualquier sentencia que hay   [2690
la ejecuta ella; y así,
ésta ejecutada está.

FELIPE SEGUNDO   ¿Qué decís?

PEDRO CRESPO   Si no creeis
que es esto, señor, verdad,   2695
volved los ojos, y vello.
Aqueste es el capitán.

Aparece dado garrote en una silla DON ÁLVARO.

FELIPE SEGUNDO   Pues ¿cómo así os atrevisteis?

PEDRO CRESPO   Vos habéis dicho que está
bien dada aquesta sentencia,   2700
luego esto no está hecho mal.

FELIPE SEGUNDO   ¿El consejo no supiera
la sentencia ejecutar?

2683 *no tenéis autoridad.* El rey le hace la misma objeción jurídica, de no tener autoridad en esta causa, que le había hecho don Lope.

2694-2697 *Si no creeis... capitán.* La sombría ejecución, llevada a cabo fuera de escena, y cuyo resultado se presenta ahora al público en una manera macabra, posee un valor ejemplar, pues enseña la lección del que mal anda, mal acaba.

2699-2701 *Vos habéis... mal.* Este parlamento muestra la entereza de carácter de Pedro Crespo, que defiende la razón del castigo.

2702 *consejo.* Alusión al consejo militar.

PEDRO CRESPO	Toda la justicia vuestra
	es sólo un cuerpo no más; 2705
	si éste tiene muchas manos,
	decid, ¿qué más se me da
	matar con aquesta un hombre,
	que esta otra había de matar?
	Y ¿qué importa errar lo menos, 2710
	quien acertó lo demás?
FELIPE SEGUNDO	Pues ya que aquesto sea así,
	¿por qué, como a capitán
	y caballero, no hicisteis
	degollarle?
PEDRO CRESPO	¿Eso dudáis? 2715
	Señor, como los hidalgos
	viven tan bien por acá,
	el verdugo que tenemos
	no ha aprendido a degollar;
	y esa es querella del muerto, 2720
	que toca a su autoridad,
	y hasta que él mismo se queje,
	no les toca a los demás.
FELIPE SEGUNDO	Don Lope, aquesto ya es hecho,
	bien dada la muerte está; 2725
	no importa errar lo menos
	quien acertó lo demás.
	Aquí no quede soldado

2704-2709 *Toda la justicia... matar?* Pedro Crespo defiende su proceder asentándose en la filosofía moral de la justicia como más poderosa que los procedimientos legales establecidos para servirla.

2713-2715 *¿por qué... degollarle?* Felipe II insiste en que como noble debería haber sido ajusticiado en la forma apropiada, o sea, por degollación y no por estrangulación.

2716-2717 *Señor... por acá.* Alusión a don Mendo que debe estar en escena.

2724-2732 *Don Lope... perpetuo.* Felipe II acepta lo ocurrido como un «fait accompli», admite que la sentencia está bien otorgada por justicia moral, y nombra a Pedro Crespo alcalde perpetuo.

	alguno, y haced marchar	
	con brevedad; que me importa	2730
	llegar presto a Portugal.	
	Vos, por alcalde perpetuo *[a Crespo]*	
	de aquesta villa os quedad.	
PEDRO CRESPO	Sólo vos a la justicia	
	tanto supierais honrar.	2735

Vanse el REY *[y su acompañamiento, soldados y labradores].*

DON LOPE	Agradeced al buen tiempo	
	que llegó Su Majestad.	
PEDRO CRESPO	¡Par Dios!, aunque no llegara	
	no tenía remedio ya.	
DON LOPE	¿No fuera mejor hablarme,	2740
	dando el preso, y remediar	
	el honor de vuestra hija?	
PEDRO CRESPO	Un convento tiene ya	
	elegido y tiene esposo,	
	que no mira en calidad.	2745
DON LOPE	Pues dadme los demás presos.	
PEDRO CRESPO	Al momento los sacad.	

Salen REBOLLEDO *y la* «CHISPA».

DON LOPE	Vuestro hijo falta; porque	
	siendo mi soldado ya,	
	no ha de quedar preso.	
PEDRO CRESPO	Quiero	2750
	también, señor, castigar	
	el desacato que tuvo	

2743-2744 *Un convento... esposo.* Isabel entra en la vida eclesiástica. El hacerlo sin vocación y forzada manifiesta las costumbres rígidas de la época.

	de herir a su capitán;	
	que, aunque es verdad que su honor	
	a esto le pudo obligar,	2755
	de otra manera pudiera.	
DON LOPE	Pero Crespo... ¡bien está!	
	Llamadle.	

Sale JUAN.

PEDRO CRESPO	Ya él está aquí.	
JUAN	Las plantas, señor, me dad;	
	que a ser vuestro esclavo iré.	2760
REBOLLEDO	Yo no pienso ya cantar	
	en mi vida.	
«CHISPA»	Pues yo sí,	
	cuantas veces a mirar	
	llegue al pasado instrumento.	
PEDRO CRESPO	Con que fin el autor da	2765
	a esta historia verdadera.	
	Los defectos perdonad.	

[2757] y ss. *Pero Crespo...* Don Lope reanuda la amistad con su opositor una vez solucionada la querella.

[2764] *instrumento.* Dilogía basada en el sentido de instrumento musical e instrumento de tortura.

[2766] *historia verdadera:* Como se ha indicado, la figura de Pedro Crespo tenía el antecedente de una tradición folklórica y literaria. El alcalde que toma venganza contra un noble por la deshonra de su hija constituye una situación dramática presentada ya en *Fuente Ovejuna,* de Lope de Vega (Esteban, Laurencia, Fernán Gómez). Calderón da un fondo histórico a su creación conflictiva, al suceder el caso por la llegada del tercio a Zalamea de la Serena, cuando las tropas españolas pasaban a Portugal para defender los derechos de Felipe II al trono portugués. No sería extraño que hubiera un incidente histórico, un episodio que hubiera servido de inspiración para lo que es primordialmente elaboración literaria. También hubo un acontecimiento, aunque de otro tipo, que pudo cruzarse con la historia del alcalde de Zalamea. En el archivo municipal de Zalamea la Real, provincia de Huelva, se conserva una

«Carta de Privilegio» en favor de los vecinos de esa localidad, firmada por Felipe II, a propósito de un litigio de jurisdicción ocurrido en el septiembre de 1582. El nuevo corregidor y justicia mayor de Almonaster y Zalamea, don Miguel de Rado, tomó posesión protocolaria de las tierras que dependían de su cargo, al separarse esta jurisdicción de la dignidad arzobispal de Sevilla, a la que había estado adscrita hasta entonces, e incorporarse a la corona de Castilla. Al designar a los varios empleos municipales en la villa de Zalamea, el saliente alcalde, Alonso Pérez de León, quiso oponerse a su sustitución con el ardid de entregar la vara de alcalde por un extremo y mantenerla cogida por el otro (véase: F. González Ruiz, «El alcalde de Zalamea», *Revista de Feria*, Huelva, Editorial Católica española, 1952).

Todos estos elementos (folklore, literatura y datos históricos) sirvieron indudablemente al genial dramaturgo para desarrollar su genial creación literaria.

Colección Letras hispánicas

ÚLTIMOS TÍTULOS PUBLICADOS

Del Madrid castizo. Sainetes, CARLOS ARNICHES.
  Edición de José Montero Padilla.
Cartas marruecas. Noches lúgubres, JOSÉ CADALSO.
  Edición de Joaquín Arce (2.ª ed.).
Don Segundo Sombra, RICARDO GÜIRALDES.
  Edición de Sara Parkinson de Saz.
La cabeza del cordero, FRANCISCO AYALA.
  Edición de Rosario Hiriart.
Fiesta al Noroeste, ANA MARÍA MATUTE.
  Edición de José Mas.
La tregua, MARIO BENEDETTI.
  Edición de Eduardo Nogareda.
El doncel de don Enrique el Doliente, MARIANO JOSÉ DE LARRA.
  Edición de José Luis Varela.
Antología de sus versos, JOSÉ MARÍA VALVERDE.
  Edición del autor.
Platero y yo, JUAN RAMÓN JIMÉNEZ.
  Edición de Michael P. Predmore.
El Patrañuelo, JOAN TIMONEDA.
  Edición de José Romera Castillo.
*El desván de los machos y el sótano de las hembras. El palacio
de los monos*, LUIS RIAZA.
  Edición de Alberto Castilla y del autor.
Mientras el aire es nuestro, JORGE GUILLÉN.
  Edición de Philip W. Silver.
Tres sombreros de copa, MIGUEL MIHURA.
  Edición de Jorge Rodríguez Padrón.
Peribáñez y el Comendador de Ocaña, LOPE FÉLIX DE VEGA
CARPIO.
  Edición de Juan María Marín.
La sangre y la ceniza. Crónicas romanas, ALFONSO SASTRE.
  Edición de Magda Ruggeri.
Poesía Lírica del Siglo de Oro.
  Edición de Elias Rivers.

DE INMINENTE APARICIÓN

Guzmán de Alfarache, MATEO ALEMÁN.
  Edición de Benito Brancaforte.
Arcipreste de Talavera o Corbacho, ALFONSO MARTÍNEZ DE
TOLEDO.
  Edición de Michael Gerli.